Bu İşte Bir Yalnızlık Var

BU İŞTE BİR YALNIZLIK VAR

Yazan: Tuna Kiremitçi

Yayın hakları: © Doğan Kitapçılık AŞ
1. baskı / ekim 2003
2. baskı / ekim 2003 / ISBN 975-293-138-3
Bu kitabın 2. baskısı 2 000 adet yapılmıştır.

Kitaba katkılarından dolayı Doğan Şirketler Grubu Holding AŞ'ye teşekkür ederiz.

Kapak ve kitap tasarımı: DPN Design
Baskı: Şefik Matbaası / Basın Ekspres Yolu Köyaltı Mevkii
Güneşli Matbaacılar Sitesi No: 40 Güneşli - İSTANBUL

Doğan Kitapçılık AŞ Hürriyet Medya Towers, 34544 Güneşli - İSTANBUL
Tel. (212) 677 06 20 - 677 07 39 Faks (212) 677 07 49
www.dogankitap.com
www.dk.com.tr
tunakiremitci@dogankitap.com.tr

Bu İşte Bir Yalnızlık Var

Tuna Kiremitçi

DK
DOĞAN
KİTAP

“Hani ıssız bir yoldan geçerken
Hani bir korku duyar da insan
Hani bir şarkı söyler içinden,
İşte öyle bir şey.”

Çiğdem Talu, 1976

Babamın anısına...

1

Ayşe odanın ortasında duruyordu. Üstünde, Orhan'ın ona üç yıl önceki doğum gününde aldığı komik bahçıvan tulumu vardı. Kısacık kesilmiş kumral saçları uykudan yeni kalkmış gibi, diken dikendi. Geleli henüz birkaç dakika olmuştu, ama gözleri ağlamaktan kızarmıştı bile.

Bir türlü yerine oturmayan vidayı sıkmayı bıraktım, derin bir nefes aldım. "Hayrola güzelim, ne oldu yine?"

"Olmuyor..." dedi, "Adamla konuşulmuyor. İki kelime etmeden sapıttı yine. Tabağı fırlattı kırdı. Ben de çarptım kapıyı çıktım. İyi yapmış mıyım?"

"Çok iyi yapmışsın" dedim, "Ocakta çay var. Otur biraz dinlen."

Kocası bir yıldır işsizdi. Müdür odasına çağırmadan önce, özel bir kursta matematik dersi veriyordu.

Herhalde söylemem lazım; Ayşe ile Orhan hayatıma yıllar önce, karımın en yakın arkadaşları olarak girmişlerdi. Sonra boşanırken hâkim kızımı Nazlı'ya verdi, onlar da bana kaldı.

Karımın o zamanki tavırlarını fazla katı bulduklarını, Nazlı'nın da onları benim tarafımı tutmakla suçladığını tahmin ediyordum. Zaten boşanmamızdan sonra ikimizle birden görüşmeye devam etmeleri de biraz tuhaf kaçacaktı. Sonuçta beni seçmişlerdi. Ben olsam beni seçer miydim, bilmiyorum.

"Senin işlerden ne haber?" diye seslendim. Artık odada değildi. Mutfak dolabında bardak arıyordu.

"Fena değil" dedi. Sesi biraz daha normal çıkmıştı bu sefer. "Bu evde temiz bardak yok mu? Kadın ne zaman geliyor?"

"Zam istedi. Ben de artık gelme dedim."

"Aferin. Ölürsün artık pislikten."

Manyetikler çıktıkları yere geri oturmamakta direniyordu. Biraz daha zorlarsam gitara zarar vereceğimden korkuyordum. "Anlatsana..." dedim, sesimi duyabilsin diye yükseltip. "Nasıl gidiyor lokanta?"

"Eh işte..."

"Dolu oluyor musunuz yine öğleleri?"

"Oluyoruz."

"Yemeklerinizi beğeniyorlar mı?"

"Galiba."

"İyi o zaman..."

Küçük adımlarla geldi, ahşap alet çantasını yere indirip çay bardağını üstüne koydu. Burnunu çekerek gülümsedi. "Ya... Bir de para kazansak tam olacak."

"O da olur..." dedim, "Orhan da birazdan damlar bence."

"Geleceği varsa göreceği de var."

Gitarı kaderine terk edip ayağa kalktım. "Gidip ona da bardak yıkayayım."

"Boş ver. Bok içsin."

Mutfağa girince kendime kızdım. Ortalık çok kirliydi gerçekten. Ayşe düşünmeye fırsat bulamasın diye içeri seslendim.

"İyi tarafı ne biliyor musun?"

"Neyin?"

"İkinizin... Hâlâ kavga edebiliyorsunuz."
"Evet..." dedi sinirli sinirli. "Yatıp kalkıp şükrediyorum."

Bulaşık süngerini kaldırdım, altından bir hamamböceği çıktı. Böceklere hiç dayanamam. Etrafıma bakındım. Beynine indirecek bir şey aradım. O sırada Ayşe kapıda belirdi. "Siz kavga etmiyor muydunuz?"

"Hayır bir tanem. Biz soğuk savaş dönemindeydik."
"Neye bakıyorsun öyle?"

Yanıma geldi, süngerin altında sakin sakin duran böceği gördü. "Evet" dedi, "Çok iyi etmişsin kadını gönderip."
"Halledeceğim yarın. Şuna bir şey yapsana."
"Vur kafasına."
"İyi fikir. Ne vurayım istersin?"

İncecik bir kahkaha attı Sırtıma bir yumruk indirdi. "Ay Memet valla moral bozukluğuna birebirsin!"
"Ay o zaman buzdolabının üstünden gazete ver bana."

Uzattığı gazeteyi askerde tüfeğimi kurarken duyduğuma benzeyen bir heyecanla kıvırdım. Arkadaki ayağım üzerinde yaylanarak kaldırdım kolumu. Tam indirecektim, omzumu tuttu.

"Şuna bak Memet, ne yapıyor?"

İkimiz birden musluğa eğildik. Hayvan, deliğin kenarındaki bir damladan su içiyordu. Dünyadaki bütün canlıların su içişleri birbirine benziyor herhalde. İlk defa normal bir şey yapan bir böcek görüyordum.

"Boş ver" dedi Ayşe, "Günah..."

Bulaşık süngerini çöpe attım. Musluğun öbür ucundan aldığım

bardağı sıcak suyla yıkadım. Suyun gürültüsünden korkup kaçtı böcek efendi.

Teybe Ayşe'nin sevdiği kasetlerimden birini koydum. Üç Hürel, "Bir Sevmek Bin Defa Ölmek Demekmiş"i söylüyordu. Duvara yaslı beyaz Washburn'e uzandı. Sap ayarı yapılacağı için tellerini çıkarmıştım. Gitarı eline aldı, teypteki müziğin ritmine uyarak çalar gibi yaptı.

"Bu iyi bir gitar mı şimdi?"
"Eh işte. İdare eder."
"Kimin peki?"
"Borsacı bir çocuğun. Karısı doğum gününde hediye almış."
"Ne karılar var... Hastalığı ne?"
"Sapının ayarlanması lazım."
"Sonra da çalacak öyle mi? Borsada konser mi verecek?"
"Bilemem. Evinde tıngırdatır herhalde."
"Arkadaşın mı?"
"Müşterim."

Sigarasını yaktı, camı açtım. Kasım gecesinin serinliği içeri girdi. Son günlerde çok yağmur yağıyordu. Bahçedeki toprağın kokusu güzeldi bu yüzden.

"Eee?" dedim, "Niye kazanamıyorsunuz?"
"Aptalız. Aldığımıza satıyoruz. Yani tam da lokanta açacak zamanmış."
"Peki Orhan'ın kafasını bozan ne?"
"Bildiğin şeyler. Zaten kaç tane konumuz var?"
"Ona biraz daha zaman ver."
"Bilemiyorum... İçmekten beyni sünger gibi oldu."
"Geçici bir şey... Hem böyle çok kişi var."
"Koruma arkadaşını."
"Olur" dedim, elimde olmadan gülümseyip. "Korumam."

Rahat hissetsin diye işime döndüm. Gitar yola gelmiyordu. Başka alet olsa biraz daha abanabilirdim, ama Nihat Abi'nin gitarıydı. Güzellikle halletmem lazımdı. Ayşe sırtı bana, yüzü pencereye dönük oturuyordu. Başımı çevirdiğimde, yüzünün camdaki yansımasını görebiliyordum. Yıldız tornavidam ortalarda yoktu.

"Bana bir şey çalsana" dedi.
Hiç halim yoktu. "Çalıyor ya zaten" dedim.
"Öyle değil. Sen çal."
"Nerden çıktı şimdi?"
"Hem sen niye müzik yapmıyorsun ki artık?"
"Bilmem... Korkuyorum herhalde."
"Şimdi önüne gelen müzisyen oluyor. Siz ne güzel çalardınız."

Tornavidayı bulmuştum işte. Yedek tel poşetlerinden birine girmişti. "Müzisyen olmanın en kolay tarafı müzik yapmak" dedim, vidayı dikkatle çevirerek. "Geri kalanı zor."
"Çalacak yer bulmak falan mı?"
"Hadi onu da bulduk diyelim. Kimlerle çalacaksın? Hayatta iki kişinin anlaşması bile bu kadar zorken müzik grubuyla nasıl uğraşacaksın?"
"Nasıl uğraşıyordun peki?"
"Bilmem. Artık ihtiyarladım galiba."
"Yani şimdi bana çalmayacak mısın?"
"Hayır."
"Hatırım için?"
"Hayır. Git hadi ikimize çay koy. Böceğe de sor bakalım keyfi yerinde miymiş. Bir emri arzusu var mıymış."
"Ha ha ha."
"Asıl sana ha ha ha. Ocağı da kıs gelirken."

Nihat Abi'nin gitarı, Nihat Abi'ye benziyordu. İnatçıydı. Huysuzdu. Bir şeye gönlü yoksa hayatta ikna edemezdiniz. Aletin canı da akşam akşam tamirciyle falan uğraşmak istemiyordu belli ki. Birden Nihat Abi'yi özlediğimi hissettim. Hastaneye uğramayalı günler olmuştu.

Ayşe mutfaktan döndü, elindeki iki bardaktan birini uzattı. "Afiyet olsun ihtiyar" dedi.

Gitarı duvara yasladım. Uzakta, yeşilliğin bittiği yerde yükselen blokların üzerinde bir şimşek çaktı. Gök gürültüsü o kadar güçlüydü ki oturduğumuz yerde şöyle bir sarstı bizi.

"Gidip bir baksak mı?" dedim.
"Uyumuştur" dedi, "Daha ben gelirken bir ufağı devirmişti."
"Matematik öğretmenleri nasıl iş arar?"
"Herkes nasıl arıyorsa öyle. Devlet okulunda çalışmak istemiyor. Özel okul falan için de tanıdığın olacak."
"Yok mu?"
"Bilmem. Aslında problem bizimkinde. Kurstaki müdür zaten ondan pek hazzetmiyordu. Sonra veliler de şikâyet etmiş."
"Niye?"
"Sınıfta ha bire şiir okuyor diye."
"Okunmaz mı?"
"Güzelim, karşında kapağı üniversiteye atmak isteyen yirmi tane çocuk var. Garibanların derdi senden sınavda iki soru daha çözmelerini sağlayacak tüyoları koparmak. Burada ne işi var şiirin?"
"Vardır bir bildiği..."
"Varmış hakikaten. Görüyoruz."
"Özel ders verse?"
"Öğrenciyi nereden bulacak?"
"Bilmem... Ben nereden buluyorum?"
"O başka. Sen meşhursun."

Yağmur çiseleme faslını atlayarak, bardaktan boşanır gibi indi. Gürleyen gök, teybimizdeki müziği bastırıyordu. Ayşe gözlerini iri iri açmış, orada birazdan beliriverecek doğaüstü bir şeyi bekler gibi, bahçenin üzerindeki karanlığa bakıyordu.

"Ne biçim yağmur bu? Hiç romantik değil" dedi.
"Çamaşırları toplamam lazım" dedim.
İçini çekti. "İyi. Gideyim artık. Şimdi evin her tarafı sızdırmaya başlar."

Ayağa kalktık. Kaseti ödünç verir miyim diye sordu. "Al senin olsun" dedim. Bugüne kadar dinlediğim Üç Hüreller beni ölene kadar idare ederdi.

Çamaşırları astığım yere gitmek için binanın etrafında bir tur atmam lazımdı. Botlarımı ve yağmurluğumu giydim. Ayşelerin katına evin dışındaki dar merdivenden çıkılıyordu. Ona da şemsiyemi verdim. Merdivenin önüne gelince bir şey söyleyecek oldu, sonra vazgeçip gülümsedi.Yağmur altında böyle gülümsemek ona yakışıyordu. El salladım, sonra sırtımı dönüp çamaşırlarıma koştum.

2

Linda ve ailesi, Boğaz'ın karşı kıyısında yüksek duvarlarla çevrili bir yalıda oturuyordu. Dışarıdan bakınca yalının güzelliği pek anlaşılmıyordu. Oysa kapı ile bina arasında, ağaçlar içinde bir bahçe vardı. Rüzgârın ıslak yapraklarla tembel tembel oynadığı, insana kendini iyi hissettiren bir bahçeydi. Her an bir köşeden bahçıvan kıyafetiyle Sami Hazinses çıkabilirdi sanki. Bahçenin arka tarafında küçük bir havuz, havuzun yanında da genişçe bir kameriye görünüyordu.

"Linda yeni uyandı" dedi annesi. Ben yaşlarda, bakımlı bir kadındı. Saçları uzun ve gece gibi karanlıktı kadının. Fiziğine hâlâ güvendiğini gösteren bir kot ve uçuşan bir gömlek giymişti: "Şimdi iner aşağı. Sıcak bir şey?"

Burada olmayı seviyordum. Elimde gitarım, geniş salonda Linda'yı beklerken kendimi eski zamanlardaki piyano hocalarına benzetiyordum. Ayrıca iyi para veriyorlardı. O zenginliğe rağmen fena insanlar sayılmazlardı. Hayatta onlardan çok fazla tanımamış olduğum için herhalde, zenginlerden korkardım ben.

"Linda bize kasetinizi dinletti" dedi Riella Hanım, çay fincanımı kendi elleriyle doldururken.

"Halbuki iyi bir evlada benziyor" dedim.

"Yapmayın..." dedi, bilmiş bilmiş gülümseyerek. "Babasıyla biz çok beğendik. Çok güzel şarkılarınız var."

"Aslına bakarsanız bırakalı çok zaman oldu."

"Bence yeniden başlayın."

"Bilemiyorum."

"Başlamalısınız. Hem belki bir gün bize konser de verirsiniz."

Sıkılmaya başlamıştım. En sevimli gülümseyişimi takındım hemen. "Belki bir gün..." dedim, "Niye olmasın?"

Linda on dört yaşındaydı. Doğuştan kördü çocuk. Kendi icadımız olan bir çalışma tarzımız vardı. Birlikte beste yapıyorduk. Önce o bir satır uyduruyordu, sonra ben. Kuralımız, her satırın bir öncekini tamamlamasıydı. Bazen ortaya nakaratıyla falan gerçekten besteye benzer bir şey çıkıyordu. Eğer Linda'nın hoşuna gitmişse, küçük teybi çalıştırıp kasete kaydediyorduk. Güzel, hüzünlü bir sesi vardı. Üstelik beni meşhur biri zannediyordu. Kendi çapımızda aşk yaşıyorduk.

"*Biraz da sana bağlı, üzülüp üzülmemem...*"

Bir zamanlar Nazlı için yazmaya başlayıp sonra yarım bıraktığım bir şarkıydı bu. Aslında basit bir melodinin sonsuza kadar tekrarlanmasından oluşuyordu. Üstelik eski bir şarkıyı hatırlatıyordu galiba.

Ben ilk satırı söyledikten sonra Linda'nın yüzüne o her zamanki ciddi ifade geldi. Hep boşluğa bakan gözleri dışında, güzel bir yüzü vardı. Küçük parmaklarıyla sıradaki notayı basabilmek için gitarına eğildiğinde yere doğru akan uzun, siyah saçlarını seviyordum.

"Sevinip sevinmemem..."

Sözlerin mantığını kavramıştı. Hemen cevap verebilirdim aslında, ne de olsa şarkı benimdi. Ama biraz zaman kazansın diye düşünüyormuş gibi yaptım.

"Yanılıp yanılmamam."

Müzik yapmanın insanlar üzerindeki iyileştirici gücüne defalarca şahit olmuştum. İnsanın elindeki aletle bir bütün haline geldiği bazı anlar vardı. O zaman tek başımıza bir varlık olmaktan çıkıyorduk. Etrafımızdaki dünyanın iyi kötü bir parçası haline geliveriyorduk. Gitarı doğal bir uzantımız gibi hissedersek eğer, gitarın yapıldığı ağacı, ağacı besleyen toprağı, toprağı var eden suyu da hissedebilirdik. Ben böyle düşünüyordum.

"Biraz da sana bağlı, gecikip gecikmemem..."

"Yetişip yetişmemem..."

"Sevinip sevinmemem."

Yarım saat boyunca bunları tekrarladık. Nakaratı kıvıramadık ama. Zaten zamanında ben de kıvıramamıştım. Linda yine de sevmişti bestemizi. Teybi çalıştırıp bir kere de kayıt için çaldık.

"Size bir sır vermem lazım" dedi, dersin sonunda.
"Ben çok iyi sır tutarım" dedim.
"Ben galiba âşık oluyorum."
"Daha önce hiç oldun mu peki?"

"Bilmem... Sayılmaz pek."
"O halde kıymetini bil" dedim, saçlarını okşayıp. "Herkeste yoktur bu yetenek."

Günün geri kalanı benimdi. Kalkıp Salacak'a gittim. Kız Kulesi'nin tam karşısındaki bir masaya oturdum. Genzimi yakan serinliğe hiç yüz vermeden çay içtim. Beni turist zanneden boyacı çocuklarla takıldım. Günler iyice kısalmıştı artık, güneş neredeyse batacaktı.

"Amca bize solo at" dedi, sarışın boyacı çocuk.
"Olmaz."
"O zaman türkü çal."
"Çalmam."
"Ya ne yaparsın?"
"Al sen çal" dedim, gitarı uzatıp. Oğlan önce çekinerek baktı, sonra kılıfından çıkarıp çok değerli bir şeye dokunuyormuş gibi, boyalı elleriyle okşadı külüstürü. Sonra da aniden şımarıp çalıyormuş gibi sallamaya başladı. Sallarken de bir telini kopardı. Kaşlarımı çattım.

"İyi bok yedin. Ne olacak şimdi?"
"Affedersin amca. Pahalı mıdır?"
"Bittin sen."
"Hallederiz amca. Ödeşene kadar gel bedava boyayayım."
"Boyayacaksın" dedim, sesime zalim bir hava verip. "Ama tel yüzünden değil. Bana amca dediğin için."
"Ya ne diyeyim?"
"Abi de, Memet de."
"Ben ne bileyim senin adını?"
"Sor."

Çocuk gözlerini kısıp bir gitardan sarkan tele, bir de bana baktı. Kaçık olduğumu düşünüyordu herhalde. Dayanamayıp güldüm. Gitarı elinden alıp tekrar kılıfına soktum.

"İki ay" dedim.
"Çüş! Bir ay" dedi.
"Bir ay ve on beş gün."
"Bir ay artı bir hafta."
"Tamam" dedim, "Beş hafta boyunca, haftada bir kez buraya geleceğim. Para almayacaksın."
"Tamam. Gelmezsen hakkın yanar ama."
"Gelmezsen ben de seni bulurum ama."
"İyi..." dedi, kaşlarını çatıp. "Hadi uzat da ödeyelim taksidi."

Döndüğümde, Ayşe'yi merdivende otururken buldum. Belli ki ağlamıştı. Gülümsemeye çalışarak el salladı. Üzüntüsünü belli etmemeye çalışan kadınlar bana hep annemi hatırlatır. Sigara istedim, verdi. Merdivende yer açsın diye elimle işaret ettim. Bir süre hiç konuşmadan, yan yana oturduk. Önümüzden geçen ağaçlı yola baktık.

Üç yanımız yüksek apartmanlarla çevriliydi. Apartmanları severdim. İnsan elinden çıkma yapılar karşısında nedense kendimi daha rahat hissediyordum. Tabiatla aram olmamıştı hiç. Arka taraftaki bahçeden bile şikâyetçiydim aslında. Oradan içeri devamlı tuhaf böcekler giriyordu.

Bizim evse türünün son örneğiydi. Mahallede iki buçuk katlı başka bina kalmamıştı çünkü. Zaten Kâmuran Teyze de düşünmek için süre istemişti müteahhitten. Kabul etmesi büyük ihtimalle sonumuz olacaktı.

Ayşe sigarasını söndürdü. İçini çekti.

"Orhan gitti."
"Ne demek gitti?"
"İşte..."
"Bir şey demedi mi giderken?"
"Özür diledi... Sürekli özür diledi durdu."
"Ne zaman dönecekmiş?"

"Bilmiyorum" dedi, yanağına akan gözyaşını silerek. "Zaten dönse de almam içeri. Kurtuldum ya hayvandan!"

Ne diyeceğimi bilemedim. Orhan macera adamı değildi çünkü. Bakkala gitmek için bile on dakika düşünürdü. Ayşe'nin elini tuttum. Eli soğuktu kızın.

"Hava iyice soğudu" dedim, "Hadi içeri."
"Sen gir. Ben biraz daha buradayım."
"Sırtına bir şey ister misin?"
"Yok... İyiyim böyle."

Yatak odasındaki dolaptan yeşil ceketimi aldım, götürüp omzuna koydum. Burnunu çekerek karşılık verdi. Onu merdivende yalnız bıraktım, eve döndüm.

3

Nihat Abi, uyuyordu.

Bıyıkları olmayınca, yüzü küçülmüştü sanki. Bu haliyle kendi çocukluğuna benziyordu. Panjurları hafif aralık duran pencereden giren ışık, yüzüne ilahi bir anlam veriyordu. Ajda'ların, Sezen'lerin, Mazhar'ların arkasında gitara yıllarca aşkla ve nefretle asılan koluna şimdi dandik bir serum bağlamışlardı.

"Nadiren uyanır gibi oluyor" dedi hemşire. Daha önce rastlamadığımız bir kızdı. "Pek kimseyi tanımıyor ama."
"Bizi tanır" dedi Altan ters ters. "Biz kardeşi sayılırız."

Yatağın karşısındaki kanepeye oturduk. Altan benden dört beş yaş büyüktü. Yıllarca beraber müzik yapmıştık. Artık ne zaman televizyonu açsam onu bir şarkıcının arkasında çalarken görüyordum. İyi kazanıyordu herhalde.

"İşler nasıl?" dedim.

"İdare eder" dedi.

"Korkma" dedim, "Borç istemem."

"Belli olmaz" dedi sırıtarak.

"Elvan Perin işi ne peki?"

"Kasetinde çaldım. Sonra konsere de istediler. Bakalım..."

"Yok mu aranızda bir durum?"

"Yanındaki adamı görsen... Herif Don Corleone gibi. Mecburen uslu duruyoruz. Senin cimcime ne yapıyor?"

"İyi. Bu yıl üçü bitirecek"

"Vay be!" dedi, Nihat Abi'ye bakıp. "Zaman nasıl geçiyor..."

Bana bir an Nihat Abi gerçekten de cevap verecekmiş gibi geldi. Böyle durumlarda edeceği bir iki fiyakalı laf mutlaka olurdu. Muhabbet belli bir kıvama geldi mi sözü usulca ona bırakmak gerekirdi. Ama Nihat Abi yoktu. Yanımızda değildi. Belki de kısa bir süre sonra gökyüzündeki o güzel orkestraya katılacaktı. Bizse hastane odasında çene çalan iki salaktık.

Çıktığımızda göğün rengi griydi. Çiselemişti belli ki, kaldırımlar ıslaktı. Altan her zamanki gibi acele ediyordu. Prova için karşıya geçecekti. Beni eve yakın bir yere bırakabilirdi yine de. Yüzyıllardır kullandığı bir Golf'ü vardı. Binince kendimi birden iyi hissettim. Bu arabayı seviyordum galiba. Hâlâ saat gibi çalışıyordu.

"Arabayı değiştirmemişsin" dedim.

"Düşünüyorum" dedi.

On yıldır düşünüyordu zaten. "Ne alacaksın?" dedim, "Rolls-Royce falan mı?"

"Cip."

"A, tabiî..."

"Yok be oğlum. Askeriye ciplerinden. Biraz masraf ediyorsun, çiçek gibi oluyor."

Stadyumun yakınlarında trafiğe yakalandık. Çiseleyen yağmur altında milim milim ilerliyorduk. O sırada, olabilecek en tuhaf şey oldu. Arabanın radyosunda istasyonları tararken birden tanıdık bir ses duydum. Biraz sola çevirdim düğmeyi, uykulu bir keman sesi birden Golf'ü doldurdu. Başımı kaldırdım, Altan'la göz göze geldik. Bir şey söylemedi. Gülümsedi sadece.

"Sana Dair" çalıyordu. Bizim şarkılardan biriydi bu.

"Bunu çok seven bir öğrencim var" dedim.
"Çocukları zehirliyorsun" dedi.

Bazen Altan'ın yanında da Nazlı'yı görünce hissettiğim şeyleri hissediyordum. İnsan birisiyle yedi yıl aynı grupta çalınca demek ki böyle oluyordu. Altan'la boşanmış bir çift gibiydik. Üzerinden çok zaman geçtiği için yaralar sarılmış, kırılanlar seloteyple yapıştırılmıştı ama.

Birkaç yıl sonra Nazlı'yla da böyle mi olacaktık? Aynı arabaya binip milattan önceki bir şarkıyı dinleyerek gülümseyecek miydik?

İstanbul trafiği giderek hızlanan yağmurun altında köprü sapağına doğru akıyordu. Bir aydır hemen her gün yağan yağmura artık alışmıştık. Ağır gelişen, dokunaklı bir filmin orta yerinde gibiydik. Bizim "Sana Dair" de film müziği olarak hiç fena sayılmazdı.

"Yağmur coşuyor" dedi, sapağa yaklaşırken.
"Ya, evet" dedim.
"Nasıl gideceksin eve?"
"Herhalde taksi vardır."
"Nah vardır. Saf mısın sen?"

Köprü sapağını geçiverdi. Şimdi bulvardan yukarı, Levent'e doğru çıkıyorduk. Yağmur böyle devam ederse bu ona en az yarım saate patlayacaktı. Radyonun sesini kıstım. "Provana gecikeceksin" dedim.

"Boş ver. Dokuzuncu Senfoni'yi çalmıyoruz nasılsa."

Eve varana kadar başka bir şey konuşmadık. En son aylar önce gelmiş olmasına rağmen yolu hatırlamayı başardı. Islanmayayım diye arabayı bahçe kapısına kadar yanaştırdık. Tam iniyordum, içini çekti.

"Nihat Abi gidiyor..."
"Evet..." dedim, "Birilerine haber versek mi?"

Nihat Abi'nin bildiğimiz tek akrabası, Brüksel'de yaşayan kardeşiydi. Biz bildik bileli araları yoktu ama. Nedeni meçhuldü. Nihat Abi böyle şeyleri anlatmazdı.

"Kardeşinin telefonu var mı sende?"
"Belki Nihat Abi'nin evinde vardır. Yarın gider bakarım."

Ben indikten sonra dönüp bir daha bakmadı. Hemen çalıştırdı arabayı, kaldırımlara çamur sıçratarak gözden kayboldu. Bu kadar duygusallık yaptığı için kendisine kızmış olabileceğini düşündüm. Ondan beklenirdi. Altan böyleydi işte.

4

Bahçeye bakan büyük odanın bir kısmı, atölyemdi. Gitarlar tezgâhın hemen yanında, tedavi sırası beklerdi. O günlerde Nihat Abi'nin kırmızısı ve borsacının beyaz gitarı dışında bir hastam daha vardı. Hafta sonları Galata Kulesi'nde turistlere çalan bir arkadaşımın aletindeki köprüleri değiştirecektim.

Gitarları seviyordum. Çalmayı hiç öğrenmemiş olsam bile severdim herhalde. İnsan bedenine yakışan bir tasarımları vardı. Orhan'ın da bir keresinde dediği gibi, onları güzel bir matematik şekillendiriyordu.

Tamir işine boşandıktan sonra, biraz da mecburiyetten girmiştim. Artık başka iş bulamıyordum çünkü. Oysa bir zamanlar tutulan bir müzisyendim. Kaprissizdim, o zamanlar içki içmezdim ve benden ne beklendiğini çabuk kavrayıp ona göre davranırdım. Cazsa caz. Türküyse türkü. Ayrıca, günün birinde Wembley'de çalmak gibi müthiş fikirlerim de yoktu. Bu yüzden seviliyordum.

Sonra bir gün Ayşe ile Orhan'ın üst katına taşındım. Birazcık malzeme topladım kendime, tezgâhımı kurdum. Atölye sahibi hayırsever bir arkadaşım yetişemediği tamir işlerini bana kaydırmaya başladı.

Nazlı'yla yeni boşanmıştık. Bu iş beni en azından içkiden uzak tutacaktı.

Altan'ın arabasından inip evime girdiğimde, ortalığı toplanmış buldum. Kokudan anladığıma göre mutfak ilaçlanmıştı. Bir an için, gündelikçi kadının zamdan vazgeçip geri döndüğünü sandım. Sonra bu düşünce saçma geldi. Ondaki anahtarı almıştım çünkü.

Ayşe üst katın kapısını üstünde boyacı tulumuyla açtı. Yüzünün her tarafında mor damlalar vardı.
"Memet!" dedi gülerek. "Gel de ne yaptığıma bak!"

Ev boya kokuyordu. Bütün eşya, arka odaya yığılmıştı. Merdivenim, salonun ortasında duruyordu. Yerler gazete kaplıydı. Duvarların büyük kısmı şimdiden morarmıştı bile.

"Nasıl ama?"
"Boya için çok iyi bir hava değil sanki" dedim.
"Beğenmedin mi?" dedi.

"Beğenmedim demedim. Boya işi yağmur yağarken yapılmaz da pek..."

"Bugün yağmur yağar, yarın bilmem ne olur. En iyisi hiç ertelememek. Merdivenini sormadan aldım, kızmamışsındır inşallah."

"Hayır" dedim. Ona kızmak insanın elinden gelmiyordu. "Bakalım Orhan ne diyecek mora."

"Ne derse desin. Hem artık o yok ki."

Giden Orhan, mor boya... Durum normal değildi. Gözlerine bakıp gülümsedim. "Konuşmak ister misin?"

"Ne konuşacağız?"

"Kocanla bugün hiç görüştünüz mü?"

"Anlamıyorsun galiba" dedi, gözlerini kırpıştırarak. "Arkadaşın gitti. Beni terk etti."

Arka odadan iki sandalye alıp salona döndüm. Onların dairesi benimkinden bir oda daha büyüktü. Çatı katında da Kâmuran Hanım, dokuz kedisiyle beraber yaşıyordu. Yaşlı kadın binayı ne zaman yıktıracağını düşünüyordu. Başımıza bir de o iş gelse tam olurdu şimdi.

"İşe niye gitmedin?"

"Kendime izin verdim."

"Boya için mi, temizlik için mi?"

Güldü. "Aslında boya için. Evinin hali de feciydi ama."

"Bence akşama kadar bekleyelim. Olmazsa bir şeyler yaparız. Eşyalarını falan aldı mı?"

"Bak Memet. Koskoca insanlarız, değil mi?"

"Seni nasıl sevdiğini biliyorsun. Bu geçici bir dönem. İşsizlik yüzünden."

"İşsiz bir sürü insan var."

"Bunu bir sınav kabul et."

"Ben onun öğrencisi değilim, Memet."

"Sınav ikiniz için de geçerli. Yan yana olacaksınız ki birbirinize kopya verebilesiniz."

Uzatmak anlamsız olacaktı. Baş belası gitmişti ve kız biraz kafa dinlemek istiyordu. İlk başta hep böyle olur. Sırtından tonlarca yük kalktığını hisseder insan.

Tiner kokan bir beze ellerini sildi. "Kuzum, aç mısın?" dedi. Kendini neşelendirmek istediğinde eski filmlerdeki gibi konuşurdu hep.

"Bilmem. Aslında bugün bir şey yemedim."
"Zavallıcık" dedi, Adalet Cimcoz'un sesiyle. "Size harikulade bir yemek hazırlayacağım. Lakin burada şartlar pek müsait değil. Dairenize gitmemiz lazım. Cüretimi mazur görün."

Buzdolabım boştu. Manzarayı kurtaran kahvaltılıkları da Ayşe bugün atmıştı. Dolabın içi her zamankinden acıklı görünüyordu. Ayşe yeniden yukarı çıktı, on dakika sonra elinde torbalarla ve her tarafından sular damlayarak döndü.

"Kutuplardaki buzlar eriyor!" diye söylendi, "Yoksa bu kadar yağmur hiç normal değil."
"Ne bunlar?"
"Bizim lokantadan. Tavuk şinitzel, rosto, patates püresi, amerikan salatası, beyaz şarap, peynir... Bir şeyler çıkar herhalde."

Aylardır tek damla içki içmemiştim. İyi bir bahanem de olmamıştı. Orhan'ın gitmesi iyi bir bahane değil miydi?

"İstersen kola da var."
"Tamam..." dedim, kızardığımı hissederek. "Ben de kola içerim."

5

Beşinci çalışımdan sonra Veli kapıyı açtı. Seksenli yıllardan kalma, dapdar deri pantolon, yıkanmaktan rengi atmış Led Zeppelin tişörtü, uzun, kıvırcık saçlar... Gözleri kan çanağı gibiydi. Yeni uyanmıştı herhalde.

"Hocam, hoş geldin!" dedi, "Yüzümü yıkayıp geliyorum."

Veli âlem çocuktu. Otuzlarının ortasında olmalıydı. Şişli'de, çok daha yaşlı insanların zevkine göre döşenmiş, geniş bir dairede tek başına oturuyordu. Neyle geçindiğini henüz keşfedememiştim. Yüzlerce plaktan oluşan bir koleksiyonu ve gayet iyi durumda, Les Paul marka bir gitarı vardı. Hayatımda onun kadar müziğe yeteneksiz birini tanımamıştım.

"Hocam, bak bu tam senlik. Bakalım hatırlayabilecek misin?"

Teybin düğmesine bastı, odaya hışırtılı bir müzik yayıldı. Queen'di galiba.

"Queen mi?"
"Yess! Ama bu konser kaydı. Korsan kaydedilmiş. Başka yerde bulamazsın."

Plak başka yerde bulunmasa iyi olurdu gerçekten. Grup hiç iyi bir gününde değildi sanki. Freddie Mercury'nin sesi de boğmaca olmuş gibi çıkıyordu.

"Nasıl?" dedi.
"Harika!" dedim.
"İstersen senin için kasete çekerim."
"Çok iyi olur."

Veli'yle altı aydır çalışıyorduk. Çok yavaş ilerliyorduk ama. Daha temel egzersizleri bile tam bitirememiştik.

"Ufaktan başlayalım mı?"
"Tabiî... Zaten kaşınıyor bu parmaklar!"

Veli'nin problemi, müzisyen olmaktan çok müzisyencilik oynamayı sevmesiydi. Onu elinde gitarıyla ayna karşısında hayal ede biliyordum.

Yarım saat kadar çalıştık. Daha doğrusu, o iyi niyetle parmak egzersizlerini yaptı, ben de küçük masanın üstünde bulduğum müzik dergisini karıştırdım.

"Bu egzersiz olayı beni öldürüyor" dedi.

"Ama yapman lazım." Beni gerçekten öğretmene benzettiğini sandığım bir gülümseme vardı yüzümde.

"Sen yapmış mıydın?"

"Hayır."

"Eee?"

"Yapmış olsaydım şu anda Cemal Reşit Rey'de olurdum. Senin evinin salonunda değil."

Gözlerini kısarak baktı. Böyle laflardan etkileniyordu. Ben de onun zayıf noktasını biliyordum. Başımı çevirip dergiyi karıştırmaya devam ettim.

"Sizin kaseti bir arkadaşıma dinlettim" dedi, gitardan acıklı sesler çıkarmaya devam ederek.

"Ya. Hâlâ yaşıyor mu bari?"

"Çok beğendi. Çocuğun babası Türk, annesi Fransız. Hatta dayısının Marsilya'da plak şirketi var. Tabiî düzenlemeleri falan biraz demode buldu, ama istersek onunla bir konuşacak."

"Niye?"

"Albümünüz orada yayınlansın diye. İstemez misin?"

Marsilya'da bir plak şirketi düşünmeye hayal gücüm yetmiyordu. "Valla" dedim, "Burada yeterince işim var zaten."

"Sen yine de bir düşün. İyi bir çocuk. Fransızca söyleyebilir misiniz peki?"

"Çince bile söyleriz. Çalarken bileğini o kadar bükme."

Güneşin şehre nefes aldırdığı bir gündü. Sokaklar sakindi. Herkes işinde gücünde olmalıydı. Yürürken başımı kaldırıp sayıları durmadan artan, ayna camlı binalara baktım. Hayatım boyunca bu tip bir yerde çalışmamıştım. Çok büyük bir aksilik olmazsa çalışmayacaktım da. Birden kendimi hafiflemiş hissettim. Aklıma, öğle yemeği için Ayşelerin yerine gitmek geldi.

"Bak hele!" diye bağırdı beni görünce. "Bu ne şeref!"

"O şeref bana ait" dedim. Elimde Şişli'den aldığım ve dev yaprakları olan bir bitki vardı. Nedense böyle bir yere iyi gideceğini düşünmüştüm. Bitkiyi elimden gülerek aldı, yanağımdan öptü. Üstünde onu *Serseri Âşıklar* filmindeki Jean Seberg'e benzeten beyaz bir gömlek ve siyah, bol bir pantolon vardı. Hava iyi olduğu için kaldırıma da birkaç masa koymuşlardı. Birine oturduk.

"Sen buraya gelir miydin?"
"Orhan'ı soracaktım. Var mı bir haber?"
"Yok."
"Artık merak etmeye başlasak mı?"
"Sen başla. Ben sonra yetişirim."
"Belki polise gitmek lazım. Yani her ihtimale karşı."

Elini kaldırıp içeride garsonla konuşan kadına işaret etti. Kadın ellerini üzerindeki önlüğe kurulayarak geldi.

"Bu benim Safiyem" dedi Ayşe, "Bu da işte meşhur Memet."

Karşılıklı gülümsedik. Safiye'nin insanı kuşkuyla süzen gözleri vardı. Ayşe'den yedi sekiz yaş büyük duruyordu. Liseden sınıf arkadaşı olduklarına inanmazdı insan.

"Sessiz Gemiler grubu vardı ya hani..."
"Neysiz Gemiler?" dedi Safiye. Bana hâlâ hesabı ödemeden ka-

çacakmışım gibi bakıyordu.

"Hani bir kere bizim liseye de konsere gelmişlerdi. Memet işte onların gitaristi. Bizim alt kat komşumuz."

Hanımeli, iki banka binasının arasındaki boşluğa yan yana dizilmiş küçük lokantalardan biriydi. Şirin bir yerdi, insana huzur veriyordu. Etraftaki iş merkezlerinde çalışan tayyörlü kızlar ve kravatlı oğlanlar, öğle yemeği için buraya geliyordu herhalde. Garsonun verdiği mönüden, spagetti olduğunu umduğum bir şey seçtim.

"Burası son gördüğümden beri bayağı güzelleşmiş."

"Zaten bir kere gördün, Memet" dedi, "O zaman da yeni taşınıyorduk zaten."

"Tamam. Yalancıyım ben."

"O zaman bana sigara ver."

Gitar kılıfının cebini açıp paketi çıkardım. Ateş bulmak için biraz daha uğraşmam gerekti. Bol cepli bir dağcı pantolonu giymiştim ve bu kadar cep hayatı kolaylaştıracağına zorlaştırıyordu.

"Memetçim" dedi, ilk dumanı sokağa doğru üfleyip, "O ve ben, gerçekten de biraz fazla yıprandık. Şimdilik içimden peşine düşmek gelmiyor. Bırakalım, ne yaşaması gerekiyorsa yaşasın, tamam mı? Olayın üstüne üstüne gitmenin kimseye bir faydası yok."

"Peki" dedim, "Madem öyle diyorsun..."

6

Pazar günü öğleye doğru Ezgi'yi aldım. Annesi güzel görünüyordu. Ona çok yakışan, dökümlü bluzlarından birini giymişti. Taranmamış kumral saçları, siyah bluzun açıkta bıraktığı omuzlarına akıyordu. Püsküllü yeşil eteğini ve hafif topuklu terliklerini tanımıyordum. Onları yeni almıştı demek ki.

"Neler yapacaksınız?"

"Bilmem" dedim, Ezgi'ye bakarak. "Neler yapalım?"

"Teknelere gidelim" dedi.

"Budur" dedim Nazlı'ya dönüp. "Teknelerdeyiz."

Biz çıkarken asansörün kapısı açıldı, Cemil'le karşılaştık. Cemil sigortacıydı. Haftanın altı günü jilet gibi takım elbiseyle gezerdi. Şimdiyse onu aile babalarına benzeten bir Fener forması vardı üzerinde. Eli kolu süpermarket torbalarıyla doluydu. Ezgi galiba onu seviyordu. Eğildi, saçlarını okşadı kızımın.

"Nasıl gidiyor?"

"Nasıl olsun?" dedi, içini çekip. "Aynen devam. Sigorta işi ne uzar ne kısalır. Söylemiş miydim, bizim şirkette sizin grubu tanıyan bir çocuk var."

Şirketler bizim grubu tanıyan çocuklarla doluydu zaten. "Hayret" dedim, "ben de sigortacıları normal insan zannederdim."

Mahcup mahcup gülümsedik. Aslında fena adam değildi, ama karşılıklı geriliyorduk işte. Kapıda bizi seyreden Nazlı'ya doğru, torbalarıyla beraber yürüdü. Nazlı'ya el salladım. Adam içeri girdi, kapandı kapı.

Yeniköy sahiline demirli balıkçı teknelerinin önünde taksiden indik. Birini seçip güvertedeki masaya oturduk. Hava serindi, ama güneşli sayılırdı. Açıktan şilepler geçiyordu. Her seferinde, şilebin yarattığı dalgaların biraz sonra gelip küçük tekneyi sallamasını seviyorduk. Sahil yolunda, insanda bu pazar gününün sonsuza kadar süreceği hissi uyandıran bir rahatlık vardı.

"Durumlar nasıl?"

"Eh işte" dedi. Önündeki lüferin kılçığını ayıklamaya çalışıyordu. Bıraktım uğraşsın. İşine karışılmasından hoşlanmazdı hiç.

"Evden ne haber?"

"Annem sinirli biraz."

Cemil'in işlerinin iyi gitmediğini biliyordum. Daha fazlasını öğrenmek istediğimden de hiç emin değildim. Ezgi'nin ağzını aramayı bu saatten sonra kendime yakıştıramıyordum. Nazlı göğüs germesini bilen bir kadındı. Yapabileceğim bir şey olsa söylerlerdi herhalde.

"Ayşe Abla'nın sana selamı var."
"Orhan Abi?"
"Onun da var. Yanaklarından öp, kollarını mıncıkla dediler."
"Mıncıklayamazsın..."
"Hadi bakalım."

Yolumuz hep aynıydı. Hava iyiyse balıktan sonra yürümeye başlar, İstinye'ye kadar bana mısın demezdik. Yorulduğunda sırtıma alırdım onu. Ağırlığı her hafta arttığı için, bu sayede büyümesini takip edebiliyordum. Yürüyüşlerimizde bana kendimi iyi hissettiren bir şey daha vardı. Yıllar sonra koca kız olduğunda, sahil şeridinde sivilceli bir oğlanla el ele yürürken, karşı kıyıdaki yalılara ya da kayıkhanelerde şarap içen balıkçılara bakıp babasını hatırlayacaktı. Karlı bir kış sabahı annesiyle gittiğimiz mahkemenin bana bağışladığı pazar günleri sayesinde, birlikte anılar biriktiriyorduk.

"Duralım!" dedi.
"Tamam" dedim. Patron oydu. Bir banka oturduk.
"Simge'nin annesi evleniyor."
"Ya."
"O hiç istemiyor ama."
"Annesi mi?"
"Hayır, Simge."
"Niye?"
"Adamı sevmiyor."
"Nesi varmış adamın?"
"İhtiyarmış."
"Bu önemli bir şey mi?"
"Değil mi?"

"Değil sanki."
"Ama dedesine benziyormuş" dedi, kıkırdayarak.
"İyi işte" dedim, "Şimdi iki tane dedesi olur."

Akşama doğru başlayan yağmur yüzünden, günümüz her zamankinden erken bitti. Nazlı kapıyı açtığında üstümüzden sular damlıyordu.

"Hale bak!" diye bağırdı, "Niye hemen dönmediniz?"
"Taksi bulamadık" dedim. Bulamamıştık gerçekten.
"Beş dakika gel istersen. Üstüne kuru bir şey vereyim."
Cemil'in kuru bir şeylerini giymek istemiyordum. "Taksi bekliyor. İyice bastırmadan kaçayım."
"İyi..." dedi, "Kendine dikkat et."
"Ediyorum" dedim.

Kaldırımlarda, ellerim cebimde yürüdüm. Hava iyice karardığında sağanak başladı, ben de kaybolduğumu anladım. Şehri kuşbakışı düşündüğümde tam yerine oturtamadığım bir semtti Fulya. Bir apartman girişine sığınıp sıkılana kadar bekledim. Yağmurun duracağı yoktu. Çıkıp gördüğüm ilk yokuştan inmeye başladım. Sahile ulaşabilirdim belki.

Birden, o hiç sevmediğim duyguya kapıldım yine. Sanki geçmişin belli bir anında, bir şeyi başka türlü yapmış olsam her şeyin farklı olabileceği duygusuydu bu. O şeyin ne olduğunu tam olarak bilemiyordum, ama milyonlarca aday vardı. Nazlı'nın babasını dinleyip Ankara'ya yerleşmek. Düzenli bir işe girmek. O gün o sözü söylememiş olmak...

Bu benim pazar akşamı bunalımımdı. Bir şeyler içmek istiyordum. İçmemem gerektiğini düşünüyordum. O sırada aklıma bir melodi geldi. Islıkla birkaç kez tekrarladım, kendiliğinden devamı da belirdi. Üstünde durmadım ama. Kim bilir hangi şarkıdan araklıyordum.

7

Nihat Abi'nin evi Kurtuluş'ta, bir ara sokaktaydı. Anacaddeden başlayıp apartmanın önüne kadar gelen dik yokuş, insana ihtiyarladığını hatırlatıyordu. Kapıya vardığımda nefes nefese kalıyordum.

Haftada bir iki uğrayıp çiçeklere su, Biber'e de yem veriyordum. Gagası gerçekten kırmızı biber rengindeydi kuşun. Yanaklarında turuncu benekler vardı. Kahverengi kanatlarının üzerindeki, fırçanın ucuyla yapılmışa benzeyen beyaz noktalara hayrandım. Aslında onu alıp eve götürmem lazımdı, ama elimden gelmiyordu bir türlü. Buna hazır olduğumu sanmıyordum.

Hava yeni kararmıştı. Pikaba Nihat Abi'nin sevdiğini hatırladığım bir plak koydum. Erkin Koray, "Öyle Bir Geçer Zaman ki"yi söylemeye başladı. Işığı açmamıştım. Sokak lambasının ışığı, sigara dumanından sararmış tül perdeyi geçip odaya danteller halinde yayılıyordu. Sokakta bir iki köpek kesik kesik havlıyordu. Yanımda getirdiğim ufak rakıyı açtım. Müzik setinin arkasındaki panoya tutturulmuş fotoğraflara baktım. Onu Sezen Aksu'nun arkasında çalarken, Gülden Karaböcek'le şakalaşırken, Cem Karaca'yla güreşirken seyrettim.

Nihat Abi'nin kendine göre bir çalış tarzı vardı. Solaktı. Çalarken gitarı kalın teller aşağı gelecek şekilde, ters tutuyordu. Yine de gitara dokunduğunda, hiçbirimizin elinden çıkmayan, daha derin, insanın içine işleyen bir ses yaratırdı.

A yüzü bittiğinde, ben de şişeyi yarılamıştım. Odada üç tane çekmece vardı. Biri üzerinde pikabın durduğu küçük sehpada, diğer ikisi de giysi dolabının altında... İlkini açtığımda, Nihat Abi'nin titizliği yine şaşırttı beni. Faturalar, ödeme makbuzlarıyla beraber dosyalanıp çekmeceye konmuştu. Küçük bir çanağın içinde renkli penalar duruyordu. Plastik yüzeyleri yıllarca aynı tellerle boğuşmaktan yıpranmıştı artık. Çanağın yanında, Nihat

Abi'nin ne işine yaradığını hiç anlamadığım birkaç şey daha vardı: hakemlerin kullandıklarına benzeyen bir düdük, bir iki iskambil kâğıdı, birkaç anahtarlık...

Aradığımı, ikinci çekmecede buldum. Kalın kırmızı kaplı eski telefon rehberini çıkarıp yatağın üzerine koydum. Kayıtlı çok fazla numara yoktu. Olanlar da onun mütevazı mekânında ihtiyaç duyabileceği bakkal, tüp gazcı gibi şeylerdi. Oysa onun numarasının şehrin en prima assolistlerinde bile kayıtlı olduğuna emindim. Doğrusu da buydu herhalde. Nihat Abi, icabında aranıp göreve çağrılan biriydi. Onun kimseyi araması gerekmiyordu.

Kardeşinin telefonu arka kabın içine, tükenmiş bir tükenmez kalemle yazılmıştı. Kalem bulunamayan bir anda telaşla karalanmış gibi. Önce ceplerime, sonra etrafa baktım. Kaderin cilvesi işte, bulamadım kalem.

Mahalleye geceyarısına doğru, koltuğumun altında Nihat Abi'nin kırmızı telefon rehberiyle döndüm. İçki başımı ağrıtmıştı. O eve gidip Erkin Koray dinleyerek aç karnına demlenmek kulağa hoş geliyordu, ama mideye hiç iyi gelmiyordu. Ev soğuktu. Yalnız kalmak istemiyordum. Bahçeye çıkıp bir daha baktım. Üst katın ışığı yanıyordu.

"İçki mi içtin?" dedi Ayşe. Yeni uyanmıştı belli ki.
"İki kadehçik."
"Sarhoş olmuşsun. Hani artık içmeyecektin?"
"İki kadeh..." dedim, "Gerçekten. İki."

Kapıyı açık bırakıp içeri doğru yürüdü. Başımı uzatıp baktım. Genel bir morluk göze çarpıyordu. Eşyalar yerine dönmüştü ama.

"Kapıyı kapat" diye seslendi mutfaktan. "Ev zaten zor ısınıyor."

Pencerenin önündeki sandalyeye oturdum. Bu evin en çok bu

köşesini seviyordum nedense. Buradan bahçeyi farklı bir açıdan görebiliyordum. Mutfaktan tıkırtılar geliyordu. Ayşe'nin koridora yansıyan gölgesine seslendim.

"Kahve mi yapıyorsun?"
"İstemedin mi?"

Birkaç dakika sonra, kahveyle beraber önüme bir de kareli bloknot sayfası koydu. Kâğıdın üstündeki, Orhan'ın yazısıydı.

"Bugün ben işteyken uğramış" dedi, "Eşyasını toplamış. Giderken de bunu bırakmış."
"Okuyayım mı?"
"Sıkılmazsan. İki satır bir şey zaten."

Sıkılmazdım. Şu dünyada Ayşe'yle ilgisi olan hiçbir şeyin beni sıkmasına imkân yoktu. İkiye katlanmış kâğıdı açtım. Orhan'ın sağa doğru eğik, güzel el yazısını okudum.

Ayşem,

Rastlaşmasak daha iyi olur diye düşündüm. Haksız mıyım peki?

Sen de biliyorsun ki bu kararı beraber aldık. Gerçi tam telaffuz etmedik, ama seninle her göz göze gelişimiz ya da her davranışımız zaten bir çeşit konuşma değil mi?

Bu arada, yapmam gereken bir şey var. Rahat hareket etmek için yalnız olsam daha iyi.

Dur sana bir de alıntı yapayım, tam olsun.

"Eyle sermestem ki idrâk etmezem dünya nedür
Men kimem sâki olan kimdür mey ü sahbâ nedür"

Güzel, değil mi? Fuzulî'den... Üstelik, benim durumuma da biraz uyuyor.

Kendine iyi bak ve mutlu ol. İkisi de o kadar zor değil aslında.

Sevgiler, Orhan.

"Bu tam onun tarzı olmuş" dedim. Başka da ne denilebilirdi ki?
"Arkadaşın tam bir salak."
"Yapması gereken neymiş, biliyor musun?"
"Ciddiye alma. Esrarengiz olmaya çalışıyor garibim."
"Ya saçma bir şeyse?"
"Yapamaz."
"Emin misin?"
"Eminim. Aklı sıra beni tedirgin edecek..."
"Tedirgin misin peki?"

Ayşe cevap vermedi. Hangi cevabı verse daha mutlu olurdum, bilmiyordum.

Gözlerini dikip masanın üstünde duran kırmızı telefon rehberine dalgın dalgın baktı. Sonra bir uykudan uyanır gibi silkinerek ayağa kalktı, mutfağa doğru yürüdü.

"Sen açsındır" dedi, "Dur yemek de ısıtayım."

8

Öğleye doğru, telefon sesiyle uyandım. Altan'ın sesi neşeliydi. Belçika'daki kardeş konusunu açmadı bile. Hafta sonu konser için Adana'ya gideceklerdi. Gitaristlerinin karısı doğum yapacağından, yeni birine ihtiyaçları vardı. Belki ilgilenmek isterdim.

"Bu lafları nereden öğreniyorsun?" diye sordum.
"Hangi lafları?"
"İlgilenmek, mesela. Kusura bakma ama ihtiyarladıkça konuşman da değişmeye başladı."

"İnsanı pişman etmeden bir düşün, olur mu? Onlara senin meseleyi bir provada halledebileceğini söyledim. Dediğim prova da çarşamba günü."

"Ve Dokuzuncu Senfoni'yi çalmıyorsunuz, öyle mi?"

"Öyle. Tırışkadan şarkılar."

"Sen ne yapıyorsun?"

"Ritim... Sololarn çalacak eleman lazım."

Konsere çıkmayalı iki yıl oluyordu. "İyi de yapabilir miyim sence?"

"Kralını bile yaparsın."

Başım çatlayacak gibiydi. "Şu anda uyuyorum" dedim, "Seni sonra arasam?"

"Akşama kadar cevabını ver. Yoksa başkasını bulurlar."

İnsanın hayata bulaşmak istemediği günler vardı. Hayatın çamuru bildiği yolda akıp gitsin, ama size dokunmasın isterdiniz. Sokağa çıksanız, gökyüzünün ağırlığı sırtınıza binerdi sanki. Böyle günler, yapacak başka işi olmayan bir gitarcı eskisinin kendisine acıması için de idealdi.

Gerçi göğün çoğu maviydi, ama başımı kaldırıp bakınca, yaklaşan gri bulutları görebiliyordum. Her an küsüp gidiverecekmiş gibi parlayan solgun bir güneş vardı. Birkaç haftaya kadar soğuklar bastıracaktı. Annemin sobayı hâlâ kurmadığımız için söylendiği zamanlardı bunlar. Onu bizi utandırmak için boruları tek başına taşırken hayal etmeye çalıştım. Bu giderek daha zor oluyordu. Annemin kederli yüzü her sonbahar benden biraz daha uzağa gidiyordu. Belki de bir süre sonra, onu sadece fotoğraflarına bakınca hatırlayacaktım.

On beş yıl önce İzmir'e konsere gitmiştik. Altan'ın bitmeyen bir enerjisi vardı o zamanlar; şarkılar yazıyordu, düzenlemeler yapıyordu, hayaller kuruyordu... Sonra konser saati gelip de salonun mavi koltuklarını karşımızda gördüğümüzde, bu işe en çok o şaşırmıştı. Ön tarafta kümelenmiş on-on beş seyirciye bir saat çaldıktan sonra kulise döndüğümüzde, Altan'ın çıkış kapısının yanındaki aynaya sessiz sessiz baktığını görmüştüm.

Kulis, bizim gibi gürültülü bir gruptan beklenmeyecek kadar sessizdi. Eşyalarımız, plastik koltukların üzerinde biraz acıklı duruyordu. Organizatör, söz vermiş olduğu parayı ödeyemeyeceği için üzgündü. Altan'a kalırsa üzülecek bir şey yoktu ama. İleride Rolls-Royce'larımızın arka koltuğunda kokain çekerken, bu günü gülerek hatırlayacaktık. Altan'la ikimizi neyin ayırdığını yavaş yavaş fark ediyordum. Onun kendine göre bir başarı anlayışı vardı ve eğer yeterince sabır gösterirse, yıldızlara dokunacağına inanıyordu.

Bense hayatta bir şeyleri becermeyi galiba sadece annem için istedim. Sırf onun yüzünde keder dışında bir ifadenin nasıl duracağını merak ettiğim için. Üstelik, konunun müzik olması bile şart değildi. İtfaiyeci de olabilirdim mesela. Alevlerin arasına dalıp kucağımda bir çocukla dönebilirdim. O zamanlar böyle bir şeyin annemi sahiden mutlu edeceğini düşünüyordum. Alevlerin arasına dalamadığım için kendimi suçluyordum. Yangın çıkarmadıkları için elektrik prizlerini suçluyordum.

Ama yıllar sonra bunları düşünürken, eski evdeki küçük odaya seccadesini seren kadını bırakmayan kederin benimle ilgisi olduğundan emin değildim artık. Annemin yüzünde yer etmiş o ifade, belki de kalıtsal bir şeydi. Kuşaktan kuşağa sekerek üzerime doğru geliyordu. Belki de gitar çalmayı bundan kaçmak için istemiştim. Sahnede bir şarkıya başlayınca, artık onu bitirmek gerekiyordu. Kederlenmeye falan zamanı olmuyordu insanın.

Akşama doğru, telefon rehberindeki milletlerarası numarayı iki kere çevirdim, cevap veren olmadı. O zaman kırmızı defter birden batmaya başladı bana. Onunla bir gece daha geçirmek istemiyordum. Defteri alıp dışarı çıktım, sokağın ucundaki çöp tenekelerine gidip en büyük olanının içine atıverdim. Sonra da bomba imha ekiplerinin gelmesinden korkan bir suçlu gibi heyecandan titreyerek, hızlı adımlarla eve döndüm. Pencereye bakan koltuğuma yeniden oturduğumda çok daha iyi hissediyordum kendimi.

Hava iyice karardığında, canım yine içki istedi. Bakkala gidip iki kutu bira aldım. Pikaba Ayşe'nin de hoşuna giden plaklardan birini koyup ilk dikişte yarıladım kutuyu. Sonra Altan'ı aradım. İçinde konserde çalacağımız şarkıların kayıtlı olduğu repertuar kasetini bana göndermesini istedim.

"Repertuar kaseti falan yok" dedi. Nedense sabahki neşe gitmişti sesinden. "Paraya kıyıp kızın kasetini al."

"Bugün Belçika'yı aradım" dedim.

"Ya..." dedi, "Peki ne oldu?"

"Adamın ilgilenmeye niyeti yok gibi."

"Orospu çocuğu..." dedi.

"Evet..." dedim, "Aynen öyle."

"Zaten bu kadar sene arayıp sormayan adamdan ne hayır gelir ki?"

"Haklısın. Gelmez."

"Bizimkilere çarşamba geleceğini söyleyeyim mi?"

"Söyle" dedim, "Bir şekilde hallederiz artık."

9

Ayşe ile Orhan, karlı bir aralık gecesi tanışmıştı. Güzel, insanı sıkmayan bir hikâyeleri vardı. İkisinden de birer kez dinlemiştim. Gerçi anlatana göre bazı farklılıklar gösteriyordu, ama sonunda buluşulan yer ve ikisini de içine çeken o duygu aynıydı.

Ayşe'nin versiyonunda, her şeyi üniversiteli bir kızın gözüyle izliyorduk. Bir asker ailesinin en küçük kızıydı. Babası o dönem

Samsun'da orduevi komutanlığı yapan, çevresinin sevdiği bir albaydı.

İyi okulları bitirmek, ciddi işlerde çalışmak gibi görevler zamanında hep ablalara saplandığından, uçarı ufaklık rolü de Ayşe'ye kalmıştı. Üstelik ona yakışan bir roldü bu.

Güçlü bir baba, onu dengelemeye hazır yufka yürekli bir anne, otomobil galerisi sahipliğinden videocu dükkânına kadar türlü işler kurup batırmış dayılar ve iki cevval abla... Ayşe işte böyle bir zırhın içinde, hayatın kendisine gerekli sürprizi yapacağı anı beklemişti. Beklediği sürpriz başlangıçta çok da fazla umut vaat etmeyen o karlı gecede sahneye çıkıyordu.

Orduevinin büyük salonunda subaylar için verilen yemekte, ailesi ve yüksek rütbeli davetlilerle birlikte masada oturan Ayşe'yi hayal edebiliyordum.

Hemen sağında babası oturuyordu ve masanın karşı tarafındaki generalle muhtemelen siyaset konuşuyorlardı. Ayşe kendisini, adisyonda çalışan erler tarafından masaya yerleştirilmiş bir süs bitkisi gibi hissediyordu. Generalin eşinden gelen iltifatları subay çocuklarına özgü bir terbiyeyle kabul ediyordu. Filolojiyi bitirince ne yapacağına dair sorularsa sıkıyordu onu. Bunu daha hiç düşünmemişti çünkü. Saçları o zaman uzundu. Bu saçlar, büyük ihtimalle yılbaşı giysisinin açıkta bıraktığı omuzlarında uçuşuyordu.

Salonun öteki ucunda, kalın bir sigara dumanının altındaki masada yedek subaylar vardı. İçlerinden biri sallanarak ayağa kalktığında, annesi Ayşe'nin kulağına eğilip, "Şu çocuk ne güzel, değil mi?" diye fısıldayacaktı. "Bir artiste benziyor, ama şimdi çıkaramadım."

"Evet. Aynı Erol Taş" diye cevap verecekti Ayşe, başını o tarafa bir kez bile çevirmeden.

"Sana bakıyor."
"Baksın."

Ayağa kalkan asteğmen salonda geniş bir kavis çizerek, hedefine kilitlenmiş bir mermi gibi komutanların masasına doğru süzülecekti. Karşısındaki generalin anlattığı Turgut Özal fıkrasını dinleyen albay, salonun parlak ışıklarıyla arasına giren gölgeyi garson zannedip eliyle savuşturacaktı. Gölge gitmeyecekti ama. Albay bir taraftan da fıkraya gülmeye çalışarak başını kaldırdığında, bu gülümseyişi iyiye işaret sayan genç adamla göz göze geleceklerdi.

"Komutanım..." diyecekti teğmen, umut dolu bir sesle. "Kızınızı dansa kaldırabilir miyim?"

Hikâyenin Orhan versiyonunda, öncelikle kırık bir kalp ve üzgün bir âşık vardı. Kütahya'daki acemi eğitiminden sonra Samsun'u çeken Orhan, askerliğin daha dördüncü ayında nişanlısı tarafından terk edilmişti çünkü. Gerçi ayrıntıları bilmiyordum, ama anlatırken Orhan'ın sesi öyle bir renk alıyordu ki, işin içinde ihanet de olduğunu anlıyordu insan.

Hem Samsun'dan hem de tüm insanlıktan nefret ederek geçen bir yılın sonundaki o gecede, ağır yaralı bir teğmenin yapabileceği en normal şeyi yapacaktı o da. Sarhoş olacaktı. Yanında oturan ve tugayın bu en hüzünlü gencini seven Mersinli eczacı, çapkın bir sırıtışla komutanların masasını gösterecekti ona.

"İddiaya var mısın?"
"Nedir?"
"Komutanın kızı."
"Ne yapacağız? Kaçıracak mıyız?"
"Dansa kaldırabilir misin?"
"Ya olmazsa?"
"Olmazsa, bir kartonun gider."

Ayşe, Orhan'ı sevmişti. Tarihlerinde bunu doğrulayacak, çoğuna tanık olduğum şeyler vardı. Hiçbir duygusunu tek başına yaşayamayan bir kızdı Ayşe; içinde olup bitenleri etrafına yaymadan, tüm dünyayı kendisine dahil etmeden nefes bile alamazdı.

Orhan'ın Ayşe'de bulduğu da buydu galiba. Onun sinüslerle ve tanjantlarla dolu beyninden hayata bir gedik açılıyordu böylece. Orhan'ın kendisini zorlayacak bir duyguya ihtiyacı vardı. Ayşe'de herkesi her şeye zorlayabilecek kadar duygu vardı. Başını kâğıtlarından her kaldırdığında patlamaya hazır, huzursuz bir dişi kedi görmek belki de Orhan'a iyi geliyordu. İçine kapanmasına, dünyayı dışarıda bırakmasına izin vermiyordu Ayşe.

Tanışma hikâyelerini ilk dinlediğimde, onlar dans ederken orduevi orkestrasında olsam hangi şarkıyı çalardım diye düşünmüştüm. İşin sonunu bildiğim için herhalde, aklıma hemen "Samanyolu" gelmişti. Hem hayat boyu sürecek bir mutluluk sözü vardı bu şarkıda hem de en beceriksiz orkestra tarafından bile iyi kötü çalınabilirdi.

Ama bir müneccim olmadığım için, o anın hoş bir esprisi olarak "Portofino" sonradan daha mantıklı gelmişti bana. Hatta iyice cıvıyıp son nakaratı "I found my love in Samsun" şeklinde söyleyebilirdim.

Yo, hayır, söyleyemezdim. Pistte yaşanan ne olursa olsun, bir orduevi orkestrası her zaman dikkatli olmak zorundadır çünkü.

10

Çarşamba günü provadan önce Hanımeli'ne gittim. Yıllar sonra ilk defa ciddi bir iş yapacağım için gergindim. Öğleye doğru lokanta kalabalıktı. Ayşe, toplantılarına gecikmek istemeyen müşterilerinin siparişlerini yetiştirmeye çalışıyordu. Beni önce kasada oturan Safiye gördü. Gülümserken çok büyük bir güç harcıyormuş gibiydi yine.

Masaların hepsi doluydu. Mutfağı lokantadan ayıran alçak tezgâhın bir ucunda, çıkış yolunu kapatmayacak bir yer buldum. Durduğum yer ile masaların olduğu bölüm arasında kalın bir sütun vardı. Ayşe'nin sadece ellerini görüyordum. Parmaklarının ucunda siparişlerin yazıldığı kâğıdı tutan, anlattığı şeyin önemine göre inip kalkan, havada daireler çizen, alçalıp yükselen eller...

İşte o an birinin bana vurması, camdan dışarı atması lazımdı. Camı ağır çekimde parçalayarak kaldırıma düşen bedenim gözümde canlanır gibi oldu. Safiye'nin eğilip bir daha gelirsem polis çağıracağını söylediğini hayal ettim. Üstelik hâlâ durduğum yerden, bir başkasıymış gibi seyrediyordum bunları. Az önce mutfaktan tepsiyle çıktığını gördüğüm garson, koşarak gelip kaldırımda yatan ikizimin yüzüne tükürdü.

"Duracak başka yer bulamadın mı?"

Hayaller silindi, lokantanın uğultusu ve girdiğimden beri kulak zarımı kaşıyan müzik yeniden duyulur oldu. Ayşe elinde pasta tabağıyla gülümseyerek karşımda duruyordu.

"Provaya iki saat var. Atıştırayım dedim."
"Az bekle şu bankacılar gitsin, bir masa bulurum sana."

Pastasıyla beraber köşeyi dönüp gözden kayboldu. Sonra elinde sayfaları okunmaktan birbirine girmiş bir gazeteyle döndü. Gazeteyi tezgâhın üstüne koyup bana hiç bakmadan, koşar gibi girdi mutfağa. Bilinçsiz bir hareketle uzanıp gazeteyi açtım. Sonra da kendimi gazetenin içinden bana yazılmış bir mektup çıkacağını hayal ederken buldum. Spor sayfasını açtığımda Ayşe'nin bıraktığı kâğıt bir sonbahar yaprağı gibi süzülerek tezgâhın üzerine düşecekti... Gözlerimi kapadım, olay yerini en hızlı şekilde terk etmeye karar verdim. Orhan'la ilgili bir iki şey sorduktan sonra sefil bedenimi sürükleyerek şehrin kalabalığına karışabilirdim.

Biri omzuma dokundu. Dönüp baktım, Ayşe cam kenarındaki masayı gösteriyordu.

Makarnanın yanında bu sefer bira da söyledim. Bir yudum içersem ellerimin titremesi geçer ve provada iki notayı bir araya getirebilirdim belki. Gerçi çalacağım şarkılar zor değildi. Ama nasıl yapacağımı düşündükçe kalbimi sıkıştıran bir iki varyete vardı yine de.

Ayşe, Safiye ve garson, telaşla para üstü yetiştirmeye çalışıyorlardı. Kapı açılıp kapanırken çınlayan zil yedi sekiz kere daha duyulduktan sonra bu fasıl da geçti ve içeride bizden başka kimse kalmadı. Ayşe önlüğünü çıkarıp geldi, karşıma oturdu.

"Bugünden de sağ çıktık" dedi, paketimden bir sigara çekip. "Yarına Allah kerim."

Çakmağımla yaktım sigarasını. "Her gün böyle mi?"

"Buranın komik tarafı bu. Şimdi akşama kadar sinek avlarız."

"Peki ne yapıyorsunuz?"

"Çene çalıyoruz. Safiye'nin oğlu yedi yaşında ve hasta. İlik kanseri teşhisi koydular. Kızcağızın konuşmaya ihtiyacı oluyor, haliyle."

Doğal bir dürtüyle başımı çevirip hâlâ kasada oturan Safiye'ye baktım. Dostça olduğunu umduğum bir şekilde gülümsedim. Hemen gözlerini kaçırdı benden.

"Evet" dedi Ayşe, "Meşhur gitarist göreve hazır mı?"

"Bilmiyorum" dedim, "Beş sene önce olsaydı benim için çerez gibi şarkılardı. Ama şimdi insan biraz korkuyor. Malum, paslı parmaklar."

"Korktuğun belli" dedi, yarılanmış bira bardağıma bakıp. "Ama endişen boşuna. Hepsi sana hayran olacak."

"Müzisyenler birbirlerine pek hayran olmaz aslında."

"Sana olacaklar. Gör bak."

Fark ettim ki, Ayşe'nin konuşmasını aslında dinlemiyordum. Onun konuşmasını resmen seyrediyordum çünkü. Dudaklarının heceleri kovalarken girdiği şekilleri, gözlerini kısıp sonra yeniden açmasını, itiraz ederken alnında beliren kırışıkları...

Parmaklarım titremesin diye dua ederek uzandım, biradan bir yudum daha aldım. Orhan bir an önce gelse ne iyi olurdu.

11

Yanlış hatırlamıyorsam, "Arkadaşımın Aşkısın" adlı şarkının aslı Juanito'ya ait. Aslında bu şarkı her zaman biraz sahtekârca gelir bana. Şarkının kahramanı, karşısındaki kadına aşklarının imkânsızlığını tekrar tekrar anlatır durur. Tabiî bu kadar çok anlatınca da, işin içinde bir iş olduğunu anlarsınız.

Gerçi bence kahramanımız acı çekerken samimidir. Üstelik aptal da sayılmaz. Arkadaşına yapacağı kötülüğün ebatlarını, işin nereye varacağını, muhtemel aşkın hangi enkazın üstüne kurulacağını falan gayet iyi bilir. Ama dikkatli bir kulak onun bunları çoktan göze aldığını da anlayabilir.

Şarkının isminin tam çevirisi, daha da beter: "Arkadaşımın Kadını." Buradaki mantığın eskiliğinden dolayı belki de, aklıma kılıç şakırtıları, sırt sırta duran silahlı adamlar ya da köy girişinde gece vakti kurulan pusular geliyor hep. Tarlası ya da atı için dövüşür gibi, bu sefer de kadını için dövüşmeye hazır, erkek gibi erkekler.

Bense elime hayatta kılıç almamıştım. Ateşli silahlara karşı özel bir yeteneksizliğim vardı. İçimde başlayan şeyin o an hangi aşamada olduğunu tam bilemiyordum. Üstelik, hele şu durumda, Ayşe'den kaçabilecek fazla bir yerim de yoktu. Köşeye sıkışmak üzereydim.

Orhan'ı bulmaya karar verdim.

Bunu nasıl yapacağıma dair en küçük bir fikrim yoktu. Aklım dedektifliğe çalışmazdı. Ben her polisiye filmin sonunda şaşıran tiplerdendim.

Provadan sonra Altan'la beraber Fenerbahçe sahiline gittik. Hâlâ içki içmediğimi sandığı için garsondan ikimize çay istedi.

"Nasıldı?" diye sordum.
"İyidir" dedi.
"Çocuklar bir yorum yaptı mı sana?"
"Ne münasebet... Hadlerine mi düşmüş?"
"Saçmaladım biraz."
"Yok be oğlum. Azıcık gergindin o kadar. Bu da normal sayılır."

Kıyıya demirli teknelerin direkleri önümüzde beyaz bir orman gibi uzanıyordu. Arkalarında, batmak üzere olan sonbahar güneşinin sararttığı gökyüzü vardı. Etraf kalabalık değildi. Boğaz'ın bu tarafına geçtiğim zaman içime dolan huzura minnettardım. Kafamı kurcalayan her şey suyun öbür tarafında kalmıştı sanki.

"Sen hiç Adana'ya gitmiş miydin?" Çay ocağı tarafındaki masada oturan piercing'li kızlara dikmişti gözünü.
"Beraber gitmiştik."
"Doğru be!" dedi, pişkin pişkin sırıtıp, "Kafa kalmadı valla."

Altan'da unutma yeteneği vardı. Ona bu yüzden hayrandım. Benim hafızaysa yüz yaşında bile böyle kalacaktı herhalde. Hiçbir şeyi unutmamak lanetli olmak gibi bir şeydi.

"Adana'da hoş hatunlar olur."
"Profesyonel kızlar mı?"

Şaşırarak baktı yüzüme. Muhtemelen benden böyle bir şeyi ilk defa duyuyordu. "Bak hele... Sen onlardan ister miydin?"
"Bir senedir dulum. Şöyle işini bilen bir kız fena mı olur?"
"Arada hiçbir şey yapmadın mı yani?"
"Olamaz mı?"
"Peki gitar dersi verdiklerin?"
"Biri on beş yaşında ve kör. Öbürü erkek ve salağın teki. Diğer iki tanesi de her an alkol komasına girebilecek tipler."
"Üzüldüm" dedi. Üzülmüştü sahiden.
"Ben de seni seviyorum" dedim.

Piercing'li kızlar, çene çalıyordu. En fazla on altısında üç arkadaştılar. Altan konuşurken benden çok onlara bakıyordu. Biraz sonra bizi yerin dibine sokacak bir şey yapacağından korkuyordum.

"Bence..." dedi, sesini durup dururken yükselterek. "Tarkan'ı uyaralım o şarkıyı söylemesin. Fransa pazarına gitmez."

Sonra sanki ben ona cevap vermişim gibi, "Ha yaşa! Zaten çocuk kendisi de söylüyor. Raşit Taha gibi olmak istiyorsan, Ortadoğulu taklidi yapacaksın" dedi.

Sonra, "Yarın İstanbul'da olacak. Şirkette görürüz artık" dedi.

Sonra, "Aslında çok iyi bir çocuk" dedi, "Başkalarının gazına geliyor ama."

Kızlar susmuştu. Oturduğum yerden yüzlerini göremiyordum, ama bizi dinlediklerinden emindim artık. Muhabbete ben de katıldım, Altan'la beraber on beş dakika boyunca Tarkan'ın kariyeri için yüksek sesle endişe ettik.

Kasaya giderken yanlarından geçtiğimizde, kızların yüzünde en çok demir halka olanı ve nedense bana en güzel görüneni, elini kaldırdı.

"Pardon. Tarkan'la mı çalıyorsunuz."
"Bazen" dedi Altan, "Zamanımız oldukça."
"Onu tanıyorsunuz yani?"
"Fırsat buldukça görüşürüz. Sever misiniz?"
"Hayır" dedi, onun yanındaki yeşil saçlı. "Şahsen beni açmaz pek. Ama enteresan yine de."
"Biz daha çok kendi grubumuzla ilgiliyiz" dedim.
"Ya... Adınız ne peki?"
"Sessiz Gemiler."
"Neysiz Gemiler?" dedi kız.

Altan'ın bana bakışından, yanlış adım attığımı hemen anladım. Ama iş işten geçmişti. "Hanımlar" dedi, araya girip. "Şimdilik müsaadenizi isteyelim. Tarkan kardeşimiz geldikten sonra çok işimiz var. Dinlenmemiz lazım."

Altan'ın arabası bakımdaydı. Bizi karşıya götürecek bir taksi tuttuk. Kızlar hızla geride kalırken Altan bana, "Bari Beyaz Kelebekler'den olduğumuzu söyleseydin" dedi.

12

Gece Nihat Abi'nin gitarını elime alıp Orhan'ın ne yapmış olabileceğini düşündüm. Gitarın bana yardımcı olacağını umuyordum. Aletin ahşabına sinmiş, geçmiş günlerden gelen bir duygu belki bir kapı aralayabilirdi.

Orhan'ın matematikçi olması, akla onun planlı hareket edeceği ihtimalini getiriyordu. Eğer öyleyse, izini bulmak belki kolay olurdu. Ama hesaptan bunalmış bir Orhan kafayı sıyırıp bu sefer aklına estiği gibi davranmış da olabilirdi. Nasıl evi terk etmek onun kişiliğiyle zerre kadar bağdaşmıyorsa, bundan sonra da ondan beklenmeyecek adımlar atabilirdi.

Ayrıca şu on beş milyon nüfuslu şehirde kaçık bir matematikçiyi araması gereken en son kişi herhalde bendim.

O sırada, gitarla "Sultaniyegâh Sirto"yu çalmakta olduğumu, daha doğrusu ellerimin benden bağımsız bir şekilde bunu yaptığını fark ettim. Düğün orkestralarında çalmanın müzisyenliğe sürpriz faydaları olabiliyordu. Müşterilerin arzularını kendi zavallı sanat aşkınızla birleştirdiğinizde garip şeyler üretebiliyordunuz. Sirto bizim için böyle bir şeydi. Bunu düğünlerde öyle bir çalardık ki, kendinizi caz festivaline gelmiş sanırdınız.

Sirto'yu hakkıyla çalabilmek için çırpınan parmaklarıma bakarken, beynimde küçük bir aydınlık hissettim.

Filmlerde kayıp kahramanların gitmekten vazgeçemedikleri yerler olurdu. Sırra kadem basmış sevgilinize ulu bir çınarın altında yeterince bekleyerek kavuşabilirdiniz. Umut kesilmiş bir hırsız, karısının mezarı başında yakayı ele verirdi. Bir taraftan da Sirto'nun gittikçe zorlaşan devam kısımlarını çalmaya çalışarak, Orhan'ın dönüp dolaşıp uğradığı bir yer bilip bilmediğimi düşündüm.

Aklıma Cumhuriyet Meyhanesi geldi. Orhan severdi orayı. Eskiden kızları da alıp sarhoş olmaya giderdik. Nazlı hayatımızdan çıktıktan sonra bir daha içimden gelmemişti hiç. Ayşe ve Orhan yine de ayda bir kez uğrayıp, üç garsonunun da adı esrarengiz bir şekilde Ali olan mekânın hatırını soruyorlardı.

Cumhuriyet'e gidecek, rakımı yudumlayıp Alilerle sohbet edecek ve Orhan'ı soracaktım. Eğer uğradıysa, bir cevapları olurdu mutlaka. Ben de o cevabı alır, ondan yeni sorular üretirdim.

Kapım çalındı. Serin bir rüzgâr ensemi okşayarak geçti. Sultaniyegâh makamıyla boğuşan parmaklarım birden durdular. Gitarı bıraktım, kapıya korka korka yaklaşıp, cevabını bildiğim bir soru sordum.

"Kim o?"
"Benim" dedi Ayşe. "Aç da gireyim be adam!"

İnsanı kendinden geçiren kokusuyla beraber girdi. Aslında bu kokuyu yıllardır tanıyordum. Evlerinin her tarafına sinmiş olurdu. Ama hiç böyle hissetmemiştim. Herhalde artık her şeyi batıyordu bana bu kızın.

"Neredesin sen?"
"Yeni geldim sayılır."
"Yani bravo valla. İnsan bir haber verir. Nasıl geçti provan?"
"İyi... Yani Altan iyi diyor."
"Memet, ben sana ne dedim? İyi geçecek dedim değil mi? Sen beni çok hafife alıyorsun!"

Üzerinde yine o Jean Seberg gömleği vardı. Dizlerine kadar inen, püsküllü bir etek giymişti. Eskidiği için artık sadece evde giydiği topuksuz ayakkabıları, ayaklarına çok yakışıyordu. Birden durdu. Nihat Abi'nin gitarını bıraktığım koltuğa baktı.

"Ben seni rahatsız mı ettim?"
"Hayır" dedim, beni bile inandırmayan bir sesle. "Oturuyordum."
"Oturmuyordun" dedi, kaşlarını çatıp. "Çalışıyordun. Ben de şimdi toz oluyorum. Bir şey istersen yukarı bağır. İyi çalış ve nasıl çalınırmış göster o veletlere."
"Çok tatlısın."
"Ne demezsin."

Gülerek çıktı, kapıyı kapattım. Gitsin istemiştim gerçekten.

Gitsin, bir daha da hiç dönmesin. Böyle giderse bir gün gelecek ve bu kapıdan çıkmasını istemeyecektim çünkü.

13

Akşama doğru evden çıkarken Kâmuran Hanım'la karşılaştım. Aramızda bir hitabet sorunu vardı. Bana daha ilk günden beri, sizli bizli konuşulmayacak kadar içten davranıyordu. "Kâmuran Teyze" olmak için fazla hanımefendi, "Kâmuran Abla" için de fazla yaşlıydı. İnsanı dinlemeye zorlayacak kadar sakin bir sesle konuşurdu. Gözlerinde öyle bir ışık vardı ki, onun sadece çiçeklerini okşayıp nihavent şarkılar dinleyen yaşlı bir kadın olmadığını anlıyordu insan.

"Aceleniz mi var?" dedi, gülümseyerek. Kucağında dertop olmuş, yavru bir kedi uyuyordu yine.

"Vardı. Artık hiç önemi kalmadı ama."

"Çok naziksiniz."

"Çok şirinmiş" dedim, tüylü yumağın burnuna dokunup. "Adı ne peki?"

"Henüz bir adı yok. İsim sahibi olmak için bir kahramanlık yapmasını bekleyeceğiz artık. O da iyileşirse tabiî."

"Nesi var?"

"Mahallenin çocukları galiba kötü bir şey yedirmiş" dedi, kediye kederle bakarak. "Bilirsiniz, çocuklar zalim olur."

"Öyle" dedim, "Korkunçturlar."

Kâmuran Hanım içini çekti. Sadede hangi yoldan geleceğini bilemiyor gibiydi. Ona yardım etmek istedim, ama kiracı içgüdülerim bana engel oldu. İlk sözü hep ev sahibinin söylemesi gerektiğine inanırdım ben.

"Memet Bey" dedi, ses tonunu hiç değiştirmeden. "O müteahhit dün yine uğradı."

"Azimli adammış."

"Benim bu evle çok özel bağlarım var. Burada gördüğüm her şey, duvardaki her tuğla bana bir şey hatırlatıyor. Hepsi de iyisiyle kötüsüyle yaşanmış, paylaşılmış şeyler. Şimdi bunları anlatarak sizi sıkmak istemem. Büyük damadımın durumunu da biliyorsunuz. Çocuklar gerçekten darda galiba."

Büyük damadın durumunu bilmiyordum. Bunu Orhan'a anlatmış olmalıydı. Bozuntuya vermedim ama, "Evet" dedim, "Bu kriz herkesi bir yerinden vuruyor."

Kâmuran Hanım bir zamanlar genç kızların köşeye sıkıştıkları zaman yaptığı gibi, dudaklarını ısırdı. Bakışlarını küçük apartmanımızın sıvası dökülmüş duvarlarında gezdirip, "Memet" dedi, "Bana ne önerirsiniz?"

Bana ilk defa doğrudan adımla hitap ediyordu. Bugüne kadar hep "Memet Bey" ya da "Beyefendi" olmuştum. Hukukumuzdaki bu gelişme, durumun ciddi olduğunu hissettirdi bana.

Kucağında kedisi olan yaşlı bir kadın, eski bir evin duvarlarına bakarak benden o evin kaderini çizecek cümleyi bekliyordu. Aslında, insana gurur veren bir durumdu bu. Tek sorun, söz konusu evin içinde benim de yaşıyor olmamdı. Yoksa vereceğim cevap çoktan belliydi. Müteahhite de, damat efendiye de siktiri çekmesini söylerdim ona.

"Bilemiyorum" dedim, "Galiba en doğrusu gerçekçi olmak."

"Öyle mi dersiniz?" Gözlerinde öyle bir ifade vardı ki, samimi olduğuna yemin edebilirdim kadının.

"Kimse yarınını bilemiyor artık. Bir fırsat varsa insan onu kullanmalı."

"Böyle konuşmayın." O gözler şimdi dolmuştu üstelik.

"Affedersiniz" dedim.

"Memet" dedi, "siz bir sanatkârsınız. İnsan ruhundan anlarsınız. Böyle bir şeyi kaldırabilir miyim sizce?"

"Allah insana gereken gücü veriyor" dedim. Böyle lafları annemden öğrenmiştim. Zaten o an asıl merak ettiğim, durumu benim kaldırıp kaldıramayacağımdı.

"Ya zor durumda kalırsanız?"

"Her işte bir hayır vardır" dedim, annemin çekmecesinden bir inci daha bulup çıkararak. "Belki herkes için daha iyi olur."

Anacaddeye doğru yürürken, pazar akşamki melodi yine aklıma geldi. İki yanında sarı yapraklı limon ağaçlarının ve orta halli apartmanların sıralandığı sokak boyunca, kafamın içinde titrek kıvrımlar halinde yankılandı durdu. Şimdilik ne yöne akacağına karar veremiyordu. Henüz biraz çekingen ve kabaydı. O an, bildiğim şarkıların hiçbirine benzemiyormuş gibi geldi bana.

Gençken Altan'la "serseri melodi" derdik bunlara. Bize göre uzayın arka sokaklarında turlayan böyle milyonlarca serseri vardı. Bazen içlerinden biri gelip bulaşabilirdi insana. Güvenmeye gelmezdi ama. Çünkü bu melodilerin en parlak olanları aslında çoktan birilerine kapılanmış, Amadeus'un ya da Münir Nurettin'in nüfusuna geçmiş olurdu. Şimdi yaptıklarıysa çulsuz çalgıcıların karşısına çıkıp onları boş yere ümitlendirmekti.

Toysanız onu alır, kendinizin sanarak büyütürdünüz. Daha da hainleri, şu dünyaya onu bulmak için geldiğine inandırabilirdi insanı. Sonra düğün salonundaki işinize giderken dolmuşun radyosunda karşınıza kim bilir kimin bestesi olarak yeniden çıkar, hayalinizi yıkıverirdi.

İnsan bir yaştan sonra sıkılıyordu. Arkamızda çok fazla yıkılmış hayal bıraktığımızda, aletin düğmesini usulca kapatıyorduk. Gençken en küçük titreşime açık olan antenlerimiz, belleğin kirli donlarını asmaya yarayan iki direğe dönüşüyordu böylece.

Sonra günün birinde, o serseri melodilerden biri yine köşeden göz kırptığında, ona kibarca gülümseyip yolunuza gidiyordunuz. Bunu yapabiliyordunuz. Eğer yapamıyorsanız, ya o yaşta bile biraz umuda ihtiyacınız olduğunu gösterirdi bu, ya da daha kötüsü, o serseri dışında arkadaşlık edecek kimseniz olmadığını.

Kâmuran Hanım'ın nemli gözleri bana yaramamıştı. İnsan yalnızken kendini üzerine her taraftan iğne yağan bir mıknatıs gibi hissediyor. Hayatımda biri olsa, iğnelerin hiç olmazsa bir kısmı benden sekip ona yapışabilirdi belki.

Ama annem artık yoktu. Nazlı'nın iğnelerden kurtarması gereken bir kocası vardı. Ezgi kafasını dertlerimle şişiremeyeceğim kadar ufaktı daha. Bense serseri bir melodinin elinden tutmuş Cumhuriyet Meyhanesi'ne gidiyordum.

14

"Vay" dedi Alilerin en bıyıklı olanı. "Sen uğrar mıydın?"

"Mekân çok değişmiş" dedim.

"Otur" dedi, elindeki tepsiyle uçtaki bir masayı gösterip. "Rakı göndereyim sana."

İçerisi hatırladığımın üç dört katı büyüklüğündeydi. Masalar yenilenmişti. Duvarlar yıkılmış, yeni duvarlar yapılmıştı. Pencereler galiba genişlemişti. Köşedeki büyük Mustafa Kemal portresi olmasa, aynı yer olduğundan bile şüphe edebilirdi insan.

Burası eskiden sanatçılar ile öğrencilerin Cumhuriyeti'ydi. Olmayacak hayallerin başkenti, damarımızda akan gençliğin yönetim şekli, satın alınamayacak şeylerin para birimiydi. Mekânın ruhunu anlayacak, ona göre davranacak arkadaşlarla gelinirdi.

Aslında kadeh tokuşturan insanlarda öyle belirgin bir fark göremedim. Belki borsacı, banka müfettişi ya da sporcuydular.

Cumhuriyet'in herkesi herkesle eşitleyen ruhu hâlâ sürüyordu belki de. Eğer öyleyse bu iyiye işaretti.

Alilerin daha kısa boylusu, gülerek sırtıma vurdu. "Görüyorsun" dedi, "Çok fazla değişiklik yok. Ama bazıları hayırsız çıktı."

Nazlı'yı soracak diye korktum, sormadı. Orhan onlara anlatmış olmalıydı. "Boş ver" dedim, "Eskiden neşelenmek için geliyorduk, şimdi de hüzünlenmek için geliriz olur biter."

"Nasıl gidiyor işler?"
"Bildiğin gibi" dedim, arka masadaki şişman oğlan geçebilsin diye iskemlemi öne çekip. "Tıngırdatıyoruz."
"Konser falan mı?"
"Pazar günü Adana'dayız, kısmetse."

Ali bu son söylediğimi duymadı. Meyhanenin öbür ucunu kaplayan U şeklindeki masadan çağrılıyordu. Göz kırpıp o tarafa gitti. Ben de önümdeki rakıyla ilgilendim.

Üçüyle konuşabilmek için geceyarısını beklemem gerekti. Her zaman o kadar meşgul olurlardı ki, şöyle rahat rahat bir sohbet edemezdiniz. Gece boyunca beni özlediklerini gösteren özel bir şey yapmadılar. Sanki en son dün gece gelmişim gibi davrandılar. Bu da bana iyi geldi. Bazılarının zamanı hiçe saydığını görmek güzeldi.

Yarıma doğru, ışıklar yola sadece müdavimlerin devam edebileceğini gösterecek şekilde karardığında ben vardım, pencere tarafındaki masada beyaz sakallı iki adam vardı, bir de U masanın bir ucunda artık tek başına oturan delikanlı, kadehine boş boş bakıyordu. Beyaz sakallı adamların şair olduklarını biliyordum. İsimleri aklıma gelmiyordu ama. Üç Ali, bir zamanlar meze sergisinin olduğu yerde ayakta durmuş konuşuyordu.

Onlara ne söyleyecektim? Nereden başlayacaktım? Şişenin

sonuna gelmiştim. İçimde tuhaf bir rahatlık vardı. Ne zaman kendimi böyle rahat hissetsem, karşı yönden gelen bir de huzursuzluk duyarım. Rahatladığım anlarda savunmasız hissediyorum herhalde kendimi.

Bıyıklı Ali gidip şairlere karıştı. Kısa boylusu, elindeki adisyon fişlerine bakarak merdivenlerde gözden kayboldu. Benim payıma da ortanca Ali düşüyordu böylece. O da içlerinde en az konuşkan olanıydı. İskemleleri ters çevire çevire yaklaştığını görünce şişenin dibindeki bir parmak rakıyı da ekledim bardağıma.

Ona elimle karşımdaki iskemleyi gösterdim. Başını çevirip Cumhuriyetine şöyle bir baktı. Her şeyin yolunda olduğuna inanmış olacak ki oturdu.

"Orhan'ı arıyorum" dedim.
"Görüşmüyor musunuz?"
"Geçen hafta evi terk etti. Karısı merak ediyor. Uğramadı mı?"
"Ben görmedim" dedi, kaşlarını çatıp. "Öbürlerine de bir sor istersen."

Sonra döndü, şairlerin masasına seslenerek Orhan'ı sordu. Şairler kibar insanlardı. Öteki Ali'yle beraber onlar da uzun uzun düşündüler. Sonra üçü de başını iki yana salladı. Geriye tek bir Ali kalıyordu. Ona da artık ayrılırken sorardım.

"Derdi neymiş?" dedi, Ortanca Ali.
"Aslında işsizlik" dedim.
"İşsiz adam evi mi terk eder?"
"Hele ondan hiç beklemezsin. Kız da bu yüzden merak ediyor ya..."
"Adı neydi?"
"Ayşe."
"Ayşe tabiî... İyi kızdır ama o."
"Öyle. İyi kız."

"Bir teklik daha içer miydin?"

Yerleri süpüren komiye işaret edip ikimize birer teklik söyledi. O kadar yıl gelip gitmiştim, ama Alileri içki içerken gördüğümü hiç hatırlamıyordum. Kadehlerimizi şairler masasına doğru kaldırdık. Onlar da bize aynısını yaptı.

Sonra yorgun kemanlar "Dalgalandım da Duruldum"u çalmaya başladı. Muhayyerkürdîydi makamı, hatırlıyordum. Evlendikten sonra koşturduğum ekstralarda bunu da çalmışlığım vardı.

"Böyle şeyler çalıyor musunuz hâlâ" dedim Ali'ye.
"Kendimiz için."
"Her şey değişiyor mu Ali?"
"Her şey değişiyor."
"Siz niye aynısınız peki?"
Gülümsedi. "Herhalde..." dedi kadehini benimkine dokundurup. "Bize bakıp anlayasınız diye, neyin ne kadar değiştiğini."
"O çocuğu bulsam iyi olur."
"Etrafa da sorarız."

İkiye doğru Ali'nin koluna girmiş Cumhuriyet'in dik merdivenlerini inerken, iyice güzelleşmiştim artık. Alt katta televizyon seyreden öteki Ali'yi zor fark ettim. Biracılara ayrılmış tahta masaların birine oturmuş, tezgâhın yukarısındaki ekranda birbirini kovalayan arabalara bakıyordu. Ortanca Ali yanına gitti, bir şey sordu. Öteki de ona bir cevap verdi. Sonra da o cevap ben de duyayım diye, yüksek sesle tekrarlandı.

"Ben onu dün gördüm galiba" dedi, "Caddede yürüyordu. Yanında bir adam vardı."

Saat ikiyi on geçe, üç Alilerin Cumhuriyetinden sallanarak çıktım. Hesabı ödeyip ödemediğimi bile hatırlamıyordum.

15

Cuma Ayşe çaya çağırdı, gitmedim. Hastayım dedim. Çorba teklif etti, onu da kabul etmedim. Bu kız öyle koktuğu sürece bir daha içeri giremezdi.

"Bugün şirinliğin üstünde" dedi, alınmış bir sesle. "Bir şeye ihtiyacın olursa haber ver bari."

"Orhan'dan haber aldın mı hiç?"

"Almış olsam sana da söylerdim herhalde."

"Tamam" dedim, "Kızma..."

"Kızmıyorum" dedi, sinirli sinirli.

Akşama bir prova daha vardı. Bu seferkine Elvan Perin de gelecekti. Telefon numaramı Cumhuriyet'tekilere bırakmıştım. Başka ne yapabileceğimi de bilemiyordum. Teybe Elvan'ın kasetini taktım, notaların fotokopilerini önüme koydum. Her baktığımda bana Nihat Abi'yi hatırlatan gitarı elime alıp dinlemeye başladım.

İnsan piyasada yeteri kadar çalıştıktan sonra, aslında dönüp dolaşan üç beş şarkı kalıbı olduğunu anlıyor. Bir şarkı başladığı anda onun nasıl biteceğini tahmin edebiliyorsunuz. Repertuara yedi sekiz tane de klasik konmuştu. Onların da çoğunu eski ekstralardan iyi kötü hatırlıyordum zaten.

Öğleye kadar besteleri çalıştım. Hiçbiri bir boka benzemiyordu. Kızın sesi güzeldi ama. Ferah, kalbe tazelik hissi veren bir tınısı vardı. Başka tür söylese çok daha iyi olurmuş gibi geldi bana. Sonra sigaram bitti, mecburen evden çıktım. Sabaha karşı yağan yağmur yüzünden, kaldırımlar ıslaktı. İki yanda sıralanmış apartmanların balkonlarında, gündelikçi kızlar halı silkiyordu. Onların balkondan balkona süren sohbeti, halılara inen demirin sesiyle birleşerek komik bir ritim oluşturuyordu.

Sokağı sevdiğimi hissettim. Burası aciz zamanımda sığındığım yerdi. İçkiyi bıraktığım, yeniden doğrulduğum yerdi. Oturduğum mahalleler, en çok taşınma zamanı yaklaşırken bana güzel görünürdü nedense. Perdeyi aralayıp nakliye kamyonunu gözlerken, karşı apartmanın bahçesine gölge veren bir ağaca hayran kalabilirdim.

Stüdyoya yarım saat erken vardım. Burası, Fenerbahçe'deki bir apartmanın müştemilatıydı. Dışarıdan bakınca ne iş yapıldığını hayatta anlayamazdı insan. Gecekonduları hatırlatan kapısından girdiğinizde binlerce dolarlık bir teknoloji parkıyla karşılaşıyordunuz.

"Erkencisiniz..." dedi ses teknisyeni oğlan. Şişmandı ve sarı bir gömlekle yine aynı renk bir pantolon giymişti. Teknisyenden çok sünnetçiye falan benziyordu.

"İçeride kimse var mı?" dedim, makinelerin üstünden prova odasına bakmaya çalışıp.
"Yok. Sizden önceki saat boştu zaten."

Birtakım esrarengiz düğmelere dokunarak önce ışıkları, sonra da dört saat boyunca kahrımızı çekecek ses sistemini açtı. Nihat Abi'nin gitarıyla gelmiştim bu sefer. Kutusunu açtım, Ezgi kapağın iç tarafına tutturulmuş fotoğrafından çiçekli pijamasıyla gülümsedi. Biraz cesarete ihtiyacım vardı ve o da bugün gülümseyerek yardım edecekti babasına.

Sonra tellere dokundum. Emektar gitarın sesi bilmem kaç bin voltluk amfilerden gürültüyle yankılandı. O gürültünün içinde, hayatımın titrek bir kuş gibi atan nabzını duydum. Şu dünyadaki varlığımın hâlâ bir anlam taşıdığını bana söyleyen fısıltıyı duydum.

Elvan Perin dedikleri, yirmilerinin başında bir kızdı. Televizyondaki haline hiç benzemiyordu. Makyaj yapmamıştı. Saçlarını liseli kızlar gibi ensesinde toplamıştı. Bol bir kazak, eşofman ve spor ayakkabılar giymişti. Varlığı nedense işlerin iyi gideceği duygusu veriyordu insana.

"İşte bu, Memet..." dedi Altan. "Meşhur sağ açığımız."

Sonra bana dönüp, "Elvan'a orkestraların futbol takımlarına benzediğini anlattım" dedi. "Davulcular, kaleciler oluyor mesela. Onlar kötü olursa en iyi orkestra bile gümleyebilir. Solist de haliyle santrforumuz. İşi bitirmek onun görevi. Sen de sağ açık falan oluyorsun."

"Futbol sever misiniz?" dedim Elvan'a.

"Nefret ederim" dedi, gülümseyerek.

Önce kasetteki şarkıları çaldık. İyi çalıyormuşuz gibi geldi bana. Kızın sesi, kasettekinden de güzel çıkıyordu. En sıradan ezgilere bile kanat takıp uçuran bir yorumu vardı.

Klasiklere geçtiğimizde hem biz hem de o rahatlamıştık sanki. Deminki bestelerden sonra "Yalnızlar Rıhtımı" ya da "Kol Düğmeleri" insana temiz hava gibi geliyordu. En son "Seninle Başım Dertte"yi çalarken, kendimi o kadar her şeye hâkim hissettim ki, bir an için olayın dışına çıkıp müziği dinlemeye başladım.

Orkestra, Selami Şahin'in kırk yıllık şarkısını çaktırmadan hafif bir caz havasına sokmuştu. Davul, onu çalanın kim bilir hangi özlemleriyle beslenen, aksak bir swing atıyordu. Elvan şarkıyı muhtemelen çocukluğundan beri dinlediği gibi, ağdalı bir taverna havasında söylüyordu. Bunlar bir araya gelince çok absürd bir güzellik çıkıyordu ortaya.

Ellerim Nihat Abi'nin gitarının üzerinde gezinirken, kendimi Ayşe'yi düşünür buldum. Belki de hayat, onun karşımıza çıkardıklarıyla iyi geçinmek oyunuydu. Bize sunduklarını elimizin tersiyle geri çevirmemek sanatıydı. Kader beni de Nihat Abi gibi boktan bir makineye bağladığında pişman olacak mıydım?

Onunla başım dertteydi. Ne yapsam bilmiyordum.

Prova bitince kendimi bir taksiye attım. Köprüden geçerken arka koltuğa gömülüp gecenin İstanbul'un üzerine dev bir kuş gibi, ağır ağır inişini seyrettim. Kırk iki yaşındaydım. Yeterince geç kalmıştım hayata. Yine de yaşamak zehirli bir şeydi. Her an yeni bir umuda dönüşerek kanımıza karışabiliyordu. Gözlerimi arabanın kadranına diktim. Akşam trafiği yüzünden altmışı geçemiyorduk.

Ayşe'yi evde bulayım diye dua ediyordum. Onun için cümleler hazırlamıştım. Yol boyu parlatılmış, kenarları yuvarlatılmış milyonlarca kelimem vardı. Işığının yandığını görünce, içim zavallı bir mutlulukla doldu birden.

Kapıyı şişmiş gözlerle açtı. Sonra arkasını dönüp salona yürüdü. İçeride hiç ışık yoktu. Hâlâ boya kokan duvarlara tutunarak peşinden gittim. Pencere önündeki koltuğa oturmuştu. Arkasında parlayan sokak lambası, onu bana yabancı bir gölge haline getiriyordu. Kesik kesik burnunu çektiğini duydum.

"Memet..." dedi, yeniden ağlamaya başlamadan önce. "Bugün onu özledim. Çok özledim. Manyaklar gibi özledim, biliyor musun?"

16

Nazlı anlayış gösterdi ve Ezgi'yle o seferlik cumartesi buluştuk. Adana uçağı akşam dokuzdaydı. Bir ya da iki konserden sonra salı sabahı dönecektik. Ezgi'yi iki hafta görememek ağır gelirdi bana.

Annesi onu hazırlarken Cemil'le salonda televizyon seyrettik. Bunun adamcağız için de sıkıntı verici olduğunu anlıyordum. Yine de yardımcı olmak gelmiyordu içimden. Kalbimde mağara devrinden beri yaşayan bir dürtü, onun burada Nazlı'yla ve kızımla olmasının bedelini bir şekilde ödemesi gerektiğine inandırmıştı beni.

Televizyonda, bir İkinci Dünya Savaşı belgeseli vardı. Aşırı yaşlı bir adam, yeşil fonun önünde titreyerek Londra bombardımanını anlatıyordu. Kim olduğunu yazmışlardı, ama okuyamıyordum. Gözlerim ilerlemişti herhalde.

Cemil kumandayı uzattı, "Başka bir yere bakmak istersen değiştirelim" dedi.
"Yoo..." dedim, "Benim için fark etmez."

Yine de değiştirdi kanalı. İnsanı sinir edecek türden bir zapçıydı. Tam ben gördüğüm şeyin ne olduğunu anlamak üzereyken düğmeye basıyordu. İçerden, hafta sonu elbiselerini kuşanan prensesin kıkırdamaları geliyordu. Bu sesi dinlemek için sonsuza kadar Cemil'le beraber televizyon seyretmeye hazırdım.

Yağmur yağıyordu. Hemen B planına geçtik. İçinde bizi eğlendirmek için parlayan vitrinler, oyun salonları ve bol miktarda abur cubur olan büyük alışveriş merkezlerinden birine gittik.

Her gördüğünü isteyen çocuklardan değildi benim kızım. O sıralar tezgâhların daha çok öteki tarafıyla ilgiliydi. Büyüyünce bir mağazada çalışmak istediğine karar vermişti. Raflardan giysiler indiren kızlara hayrandı. Onların gülümseyişleri, bir örnek giysileri, üzerlerinde isimlerinin okunduğu yaka kartları falan onu büyülüyordu. Ben de onun sayesinde kızlarla flört ediyordum.

"Ne kadar da size benziyor" diyorlardı, tatlı tatlı gülümseyip. Ben de dul olduğumu bir an önce belli etmek için, "Evet..." diyordum, "Annesine beni hatırlatan tek şey o."

Bu şekilde iki kere randevu koparmayı bile başarmıştım. İlki biraz Nazlı'ya benzeyen, oyuncakçı bir kızdı. Kelimeleri diliyle eğip bükerek, televizyondaki diskjokeyler gibi konuşuyordu. Nazlı'ya benzeyen yüzüyle birleşince tuhaf bir etki yaratıyordu bende. Onun izin günü olan cuma öğleden sonrası için sözleşmiştik. Ama o sabah uyandığımda bana çok anlamsız gelmişti bu. Üstelik telefon numarasını da almadığımdan, kızcağızın tatilini mahvettiğimle kaldım.

İkincisinde daha gayretliydim. Bu seferki şekerleme reyonunda çalışıyordu. Beyaz bir teni ve beline kadar inen dalgalı siyah saçları vardı. Kemikli burnu, yüzüne Akdenizli bir ifade veriyordu. Hayatımda hiç bu tipte bir kızla çıkmamıştım. Buluştuğumuz zaman elimden geleni yaptım. Yine de sıkılmasını önleyemedim. Randevu hiçbir umut vaat etmeyerek bitti.

Ezgi o gün havasında değildi ama. Tezgâhtar ablaların başını döndürmeye niyeti yoktu. Vitrinlerin önünden dalgın dalgın geçiyordu. Üstüne varmadım ben de, konuşmak istemiyorsa bu onun bileceği işti. Video oyunları faslını atlayıp en üst kattaki sinemaya çıktık. Patlamış mısırlarımızı döke saça *Star Wars*'lardan birini seyrettik. Sonra da geleneksel kapanışı yapmak üzere, sinemanın yanındaki hamburgerciye gittik.

"Benim canım sıkılıyor" dedi sonra, durup dururken.
"Başka yere mi gitseydik?"
"Burada değil. Evde."
"Nesi varmış evin?"
"Sıkıcı işte."
"Sebebi yok mu yani?"
"Cemil Abi hiç gülmüyor. Çok az konuşuyor. Annem de artık gülmüyor. Hep kaşları çatık böyle."
"Sana bir sır vereyim mi?"

"Ne sırrı?"

"Akıllı çocukların asla canı sıkılmaz. Sen de akıllı bir çocuksun."

"Eee?"

"Ağzına mayonez bulaştı, sil. Hayır, daha aşağıya. Yani güzel bir odan var, oyuncakların var. Bir şeyler icat edebilirsin. Hatta Simge'yi de çağırırsın, beraber yaparsınız."

"Ne yapacağız ki?"

"Bilgisayar oynamak dışında bir şeyler mesela... Bebeklerinle defile yapabilirsin. Onlarla klip çevirebilirsin. Çalıştır saksıyı biraz."

"Cemil Abi çok sıkıcı..."

"Cemil Abin iyi bir adam. Şu sıralar keyifsiz ama."

"Benim yüzümden mi?"

"Hayır. Hem ben senin kadarken bilgisayar falan yoktu. Ben de ne yapardım biliyor musun?"

"Ne?"

"Odamın bir ülke olduğunu hayal ederdim. Onun her köşesinde şehirlerin olduğunu, o şehirlere konser vermeye gittiğimi... O zaman hiçbir şey canımı sıkamazdı benim."

"Sen de biraz acayipmişsin."

"Lafımı dinle. Saksıyı çalıştır. Bir şeyler icat et, tamam mı?"

"Tamam" dedi, isteksiz isteksiz. Böyleydi benim kızım. Nasihat dinlemekten hoşlanmıyordu.

Eve dönmek istemiyorduk daha. Yolculuğa hazırlanmak için iki saatim vardı. Altan'la havaalanında buluşacaktık. Vitrinlere baka baka dolaştık biraz. Sonra Ezgi'ye beklemesini söyleyip koşarak bir kat aşağıdaki oyuncakçıya gittim. Arka raflarda duran yapbozlardan birini seçtim. Kutunun kapağında beyaz bir fare, uçağa binmiş gidiyordu. Paketimi aldım, kendimden gurur duyarak döndüm kızımın yanına.

"Ne bu?" dedi.

"Yapboz" dedim.

"Nasıl yani?"
"İçinde iki yüz tane parçacık var. Birleştiriyorsun, resim oluyor."
"İğrenç!"
"Negatiflik yapma. Çok eğleneceksin."
"Salakça ama..."

Koca paketi eline tutuşturdum. Eve gidene kadar istemeye istemeye taşıdı hediyesini.

17

İnsan aynada gördüğü kişiye karşı hayatı boyunca değişik duygular besleyebiliyor. Bazen nefret ediyoruz kendimizden, bazen neredeyse şefkat duyuyoruz. Varolmanın anlamlı bir şeymiş gibi göründüğü anlar var, bir de aldığımız tek bir nefes için bile bahane bulamadığımız zamanlar. Bunlar hayatımızın içinden akıl sır ermez bir sırayla, fener alayları gibi geçip gidiyor. Üstelik zamanla bir şeylerin değişeceğini ummak da galiba boşuna. Aynayla aramızdaki fırtınalı ilişkinin belki de zamanla ilgisi yok.

Gençken, bir gün yeterince tecrübeli olduğumda hayatın kolaylaşacağını sanırdım. Oysa yaşlanmanın bana getirdiği tek şey, tecrübe kazanmanın da yetenek meselesi olduğunu öğrenmek oldu. Başıma ne gelirse gelsin tecrübeliymiş gibi hissedemiyordum kendimi.

Ayşe'yi düşündükçe kendime kızıyordum. Belki hayatımın başka bir dönemi olsa her şey daha kolay olurdu. Duygularımı komik bulabilirdim belki. Kendi aptallığıma bakıp kocaman bir kahkaha atar, kaderin beni ittiği yolda sessizce uzaklaşırdım.

Adana uçağına yetişmek üzere hazırlanırken gülecek halim yoktu ama. Kendimi her şeyi karıştırdıktan sonra sıvışan bir çocuk gibi hissediyordum. O an sanki sokakta herkes benden bahsediyordu. Ayşe yukarıda yalnızdı. Evde olduğumu anlamasın diye ışığı yakmaya çekiniyordum. Bu arada hava gittikçe kararıyordu ve odanın içinde eşyalarımı bulamıyordum bir türlü.

Kapıda bir anahtar sesi duydum. Mutfağa koşup buzdolabının arkasına saklandım. Kapı açıldı, Ayşe'nin yarı karanlıkta bir oğlan çocuğunu andıran gölgesi mutfak boşluğunun önünden geçti. Büyük odanın ışığı yandı sonra. Kalbim hızla çarpıyordu. Birinin evini soyarken yakalansam bu kadar heyecanlanırdım.

Buzdolabının üstünden, gitarları yasladığım duvarı görebiliyordum. Ayşe'nin gölgesi, görüş alanıma girip çıkıyordu. Ona bakıp ne yaptığını anlamaya çalıştım. Gölge eğilip giysilerimi tutarak doğruluyordu. Ortalığı topluyordu kızcağız.

Mırıldandığını duyuyordum. Sesi, bizi kimsenin dinlemediğinden emin olduğumuz zamanlardaki gibi doğal ve özensizdi. Üstelik, benim melodiyi mırıldanıyordu. Demek ki o da biliyordu. Demek böyle bir şarkı zaten vardı.

On beş dakika sonra, odadaki ışık söndü. Gölge önümden geçti, mırıltı uzaklaştı ve sokak kapısı gürültüyle kapandı.

Çıt çıkarmaya korkarak tezgâhın önündeki iskemleye oturdum. Gözlerimin karanlığa alışmasını bekledim. Birkaç dakika içinde nesneler sokak lambasının ışığında iyi kötü seçilebilir hale geldi. Giysilerim katlanıp açık bıraktığım bavula konmuştu. Masada, kimin yazdığını karanlıkta bile anlayabildiğim bir mektup vardı. Kâğıdı alıp ceket cebime koydum. Bavulu kapadım. Tıraş losyonumu aramaktan vazgeçip sokağa attım kendimi.

"Oha!" dedi Altan beni görünce. "Bu bavul ne oğlum? Adana'ya göç etmiyoruz!"
"Tamam" dedim, "Yarısını boşaltayım senin için."

İç Hatlar terminalinin önünde yirmi dakika kadar grubun geri kalanını bekledik. Hepsi bizden genç çocuklardı. Altan'la ikimiz rehber öğretmen gibi kalıyorduk yanlarında. Onların kuşağına mahsus, aldırmaz ve sevimli bir halleri vardı. Elvan da sevgilisinin özel uçağıyla gelecekti.

Uçakta, Altan'ın uyuduğuna emin olunca cebimdeki kâğıdı çıkardım. Bir dakika boyunca tek kelimesini anlamadan, okuma yazma bilmeyen biri gibi seyrettim mektubu. Sonra Ayşe'nin el yazısı yavaş yavaş çözülmeye başladı. Harfler buluşup sözcükleri, onlar da bir araya gelerek cümleleri oluşturdu.

Böylece ortaya Orhan'ın bir resmi çıktı. Özleyen bir kadın tarafından çizilmiş, hafızanın filtrelerinden geçirilerek parlatılmış, bakanın içini acıtacak bir resim.

Ayşe Orhan'ı özlüyordu.
Ayşe galiba ayrılığın ikinci faslına geçiyordu.

Bu fasılda küçük bir çizik kanamaya usul usul devam edecekti. Söylenmemiş sözlerle, verilmemiş cevaplarla, gerçekleşmemiş ihtimallerle beslenecekti. "Bir akşam eve döndüğümde" diye yazmıştı Ayşe, "onun oturup kalktığı, dokunduğu eşyalara baktım ve bu kadar basit olamayacağını anladım. Çünkü onun yokluğunu hissediyorum. Yokluğu büyüyüp koca evi kaplıyor. Bir şeyi atladık gibi geliyor bana. Sanki bizi bu hale getiren zincirin bir parçası eksik. O parça tamamlanmadan da bana rahat yok. Bunun için Orhan'ı bulmam lazım. Ona bir iki şey sormam lazım. Dönünce bana yardım eder misin?"

"O ne?" dedi Altan. Tek gözünü açmış elimdeki kâğıda bakıyordu. "Aşk mektubu mu?"
"Hayır" dedim, "Ev sahibinden. Apartmanı yıkacaklarmış. Onu söylüyor."
"Ev sahibin mektup mu yazmış sana?"
"Evde bulamamış" dedim, bir taraftan da kuzu kuzu cevap ver-

diğim için kendime kızarak. "Müsaadenle... Dinlenme tesislerinde uyandır beni."

18

Meğer Elvan Perin'in memleketiymiş Adana. Kafilemize çok ilgi vardı. Sadece Elvan değil, hepimiz yıldız olmuştuk.

Ertesi sabah otel elli altmış kişilik bir grup tarafından sarıldı. O saatte nasıl üşenmeyip gelmişlerdi anlayamadım. Elvan siyah gözlükleri ve makyajsız yüzüyle balkona çıkıp onları daha da coşturdu. O kadar mutluydular ki, otelden çıkarken benden bile imza alanlar oldu.

Elvan füme camlı bir Audi'ye bindi, biz de iki taksiye sığıştık. Şehirde sakin bir pazar günüydü. Adana'nın ilk bakışta Bostancı taraflarını hatırlatan geniş caddeleri tenhaydı. Yılmaz Güney filmlerindeki faytonculara benzeyen şoförümüz, yavaş sürüyordu arabayı. Radyoda Elvan'ın şarkılarından biri çalmaya başlayınca uzanıp sesini açtı.

"Kardeş" dedi Altan, adamın omzunu dürterek. "Bi kısalım şunu, ha?"

Şoför şaşırarak kıstı radyoyu. Halbuki o bize jest yapmak istemişti. Keyfinin kaçtığını fark ettim çocuğun.

"Gece gündüz dinliyoruz da..." dedim.

"Öyle ya..." diye mırıldandı, "Bizim eğlencemiz, sizin ekmeğiniz. Bu işin de bu zorluğu var."

Sonra iki yandan akan palmiyeleri ve apartmanları izlemeye daldım. Şehrin hem zengin olduğunu göstermek için can atan hem de bundan utanan bir hali vardı. Cadde ve binalardaki fiyaka bir noktaya kadar gelip orada duruyordu bu yüzden.

"Elvan niye evinde kalmıyor?" dedim Altan'a. Kızın ailesi hâlâ burada olmalıydı.

"Görüşmüyorlar" dedi, "Babası imamlık yapıyormuş. Şarkıcı olunca dünyası kararmış adamcağızın. Galiba evlatlıktan falan reddetmiş. Kız bütün sülaleyle küs bu yüzden."

"Seninki ne yapıyor?"

"Kim?"

"Baban. Kaç zamandır soramadım hatırını."

"Hâlâ aynı" dedi, gülümseyerek. "Annemden sonra eskisi gibi olamadı bir daha."

"Güvercinler var mı yine?"

"Var tabiî. Başka bir şeye yüz vermiyor ki zaten."

"Uğrasam diyorum... Beni hatırlar mı peki?"

"Hatırlar merak etme. Fırçaya da hazır ol ama."

Konser fena geçmedi. Bisiklet ve yüzme konularında harikalar yaratan hafıza, burada da işe yaradı. Baştan sona, önemli bir hata yapmadan çaldım.

İnsancıklar salonu doldurmuştu. Hepsi her şarkıyı ezbere biliyordu. Sahneyle aralarında bir koruma ordusu vardı. Bazen tehlikesiz bir hayranın tırmanıp Elvan'a sarılmasına izin veriyorlardı. Elvan da duygulanmış gibi yapıyordu. Belki de gerçekten duygulanıyordu, bilemiyorum.

Kulise döndüğümüzde tek tek hepimize sarıldı. Sahnede olmayınca, her tarafından püsküller sallanan kostümünün içinde okul çayındaki kızlara benziyordu.

"Hepimizin eline sağlık" dedi, hâlâ nefes nefese.

"Eyvallah" dedik biz de, uslu uslu.

"Laf olsun diye söylemiyorum. Bu akşam benim için çok özeldi, anlaşıldı mı?"

Hepimiz başımızı "evet" anlamında salladık. Neyi anlamamız gerektiğini bilemiyorduk ama.

O sırada kulisin öteki kapısı açıldı. Elvan'ın sevgilisi olduğu bütün ülke tarafından bilinen iri adam içeri girdi. Yanında ufacık, başörtülü bir kadın gördük. Kadın o kadar küçüktü ki, yüzündeki kırışıklar olmasa böyle giydirilmiş bir çocuk sanırdı insan.

Elvan kadının elini öptü, sonra boynuna sarıldı. Kadının benekli elleri bir an tereddüt etti boşlukta, sonra onlar da Elvan'ı sardı. Şimdi daha da kırışmış olan yüzünde iki damla yaş gördük. Elvan bize döndüğünde, makyajı iyice dağılmıştı.

"Bu benim annem" dedi, "Bugün ilk defa beni dinlemeye geldi. Sizi tanıştırayım."

19

Müzisyenin sahneden inmesi ile şansını kaybetmesi arasında en fazla yarım saat var. Teri henüz kurumamışken kızların gözünde bir cazibesi oluyor insanın. Sonra o cazibenin bara yaslanıp yaktığınız ilk sigaranın dumanıyla yavaş yavaş dağıldığını hissediyorsunuz. Biraz da çekingenseniz, benim gibiyseniz yani, yaşadığınız çağın hızı sizi asla affetmiyor.

Altan konserden sonra bizden ayrıldı. Ne yapacağını sorduğumuzda omuzlarını Fatih Terim gibi kaldırdı, sesini kalınlaştırdı. "Belli olmaz. Gece kurda aittir!" Eskiden de çok severdi bu lafı. Galiba bir şiirde vardı.

Ben de gruptaki çocuklara Kurtuluş Orkestrası'nı dinlemeyi teklif ettim. Yakın bir otelde çalıyorlardı. Afişlerini sabah otobüs duraklarında görmüştüm. Çok eskiden tanıyordum Kurtuluş'u. Ne çalsa iyi çalardı.

Ya hevesimi kırmak istemediklerinden ya da akıllarına daha iyi bir fikir gelmediği için, kabul ettiler. Oteli bulduğumuzda korumalar hafif irkildi önce. Fazla boy atmış mahalle bitirimlerine benziyorlardı. Elvan'ın adını verdik, bir mesele kalmadı. Hatta masamıza kadar eşlik ettiler.

Pavyonluktan bar olmaya doğru giderken yarı yolda kalmış bir yerdi burası. Yine de her şey çok havalıydı. Mekân girdiğimiz kapıdan sahneye doğru, üç dört kademeli bir anfi tiyatro gibi iniyordu. Tam ortada, kırmızı bir halının şımarıkça aktığı merdiven vardı. İki tarafta uzanan masaların etrafı, minderli kanepelerle çevriliydi. Masalara sahici çiçekler ve içinde mum yanan küçük fanuslar konmuştu. Sahnede, Kurtuluş Orkestrası "Keskin Bıçak"ı çalmaya başlamıştı bile.

Gecenin gidişatına yakışsın diye, normalde içmediğim bir şey söylemek istedim. Aklıma gele gele viski geldi. Çocuklar da ihtiyar arkadaşlarına uydular, biraz sonra masamızda bir şişe Jack Daniels ve hiç gerekmediği kadar fındık fıstık vardı.

"Kurtuluş'u tanıyor musunuz?"
"Evet" dediler hep bir ağızdan, "Keskin Bıçak!"
"Bu kadar mı?"
"Başka nesi var?"
"Kurtuluş yirmi yıl önce de Kurtuluş'tu" dedim, yüzlerine bakıp gülümseyerek. "Biz Odeon'da falan çalmayı hayal ederken o paşa paşa bu işleri yapıyordu. O zamanlar arabesk takıldığı için kızıyorduk çocuğa. Şimdi gördüğünüz gibi, hâlâ sahnede. Biz de oturmuş onu dinliyoruz."

O sırada şarkı bitti, daha alkışlar susmadan şöyle bir silkinip yenisine başladılar. Gencebay'dan "Hor Görme"yi çalıyorlardı bu sefer. Hem de rock tarzında. İstanbul'da böyle bir şey yaptı mı havasından geçilmezdi insanın. Oysa onların dünyayı umursamayan bir halleri vardı. Sanki sırf eğlenmek için çalıyorlardı. Hayatları buydu adamların. Hayatlarını yaşıyorlardı.

Arkama yaslanıp bizimkilerin şaşkın yüzlerine gururla baktım. İnsan bir yaştan sonra kendi kuşağının her şeyiyle övünmek istiyor işte.

Şarkı mükemmel bir finalle bitti. Ayağa kalkıp alkışladık. Bizim konserdeki kızlar gibi, salak çığlıklar attık.

Biraz sonra çocukların sıkılmaya başladığını fark ettim ama. Benim gibi değildi onlar. Önlerinde bin bir vaatle uzanan geceden bekledikleri bu değildi. Daha kazanacakları milyonlarca minik zafer vardı. Kibarca müsaade isteyip birer ikişer kayboldular. En sona kaldığı için ihtiyar arkadaşı yalnız bırakmaya utanan oğlanı da kendim gönderdim.

"Kendine dikkat et" dedim, arka cebine uzanmaya çalışan elini tutup.

"Merak etme" diye sırıttı, "Gece kurda aittir."

"O zaman tamam..." Altan iyi yetiştiriyordu onları.

20

Kapıyı güç bela açtım ve içeri yuvarlandık. Başımı uzatıp koridora baktım. Herhalde gören olmamıştı. Duvarı yoklayarak buldum elektrik düğmesini. Odanın aydınlığında ona baktım. Bir eliyle alnını tutmuş, kızgın gözlerle etrafı süzüyordu.

"İyi misin?" dedim, alnına dokunup. Girişteki dolaba çarpmış olmalıydı.

"Bilmiyorum" dedi. Sinirli sinirli sırıtıyordu. "Sabaha çıkar acısı nasıl olsa."

Saçını konuyu kapatmak ister gibi savurdu, gidip oturdu yatağa. En fazla yirmi beş gösteriyordu. Sarhoştum ve onu tanımıyordum. Üstelik, yön duygumu kaybettiğimi de hissediyordum artık.

Bu kızla otel odasında ne işim vardı?

Yatağın kenarına iliştim. Uzaktan lisedeki bir sınıf arkadaşıma benziyordu. Bozulmak üzere olan bir güzelliği vardı yüzünün.

"Adını sormayı unuttum."
"Asuman... Nasıl yapalım istersin?"
"Niye geldin yanıma?"
"Barda çok yalnız bir halin vardı. Belki hayrım dokunur dedim."
"Başın acıyor mu?"
"Siktir et. Prezervatif var mı?"
"Yok" dedim. Hiç aklıma gelmemişti bu.
"Bende olması lazım" dedi. Küçük çantasını açıp karıştırmaya başladı. Daha önce hiç profesyonel bir kızla sevişmemiştim. Prezervatif bulamazsak ne olacağını çok merak ediyordum.

Kapının çalındığını duyduk. Birisi anahtar gibi bir şeyle vuruyordu. Kıza ellerimle "merak etme" işareti yapıp ayağa kalktım.

Gelen Altan'dı. Elinde viski şişesiyle gülümsüyordu. Gülümseyişinde hüzünlü bir şey vardı.

"Hayrola?"
"Laflarız demiştim" dedi, "Uyuyor muydun?"
"Hayır... Misafirim var."
"Hadi ya... Neyse, pardon o zaman."

Koridorda kendi odasına doğru, geri geri bir iki adım attı. Kapıyı aralık bırakıp yanına gittim.

"Bir şey mi oldu?"
"Yoo... Dertleşiriz diye düşünmüştüm. Sonra artık."
"Yalnız mısın?"

"Evet" dedi, gülümseyerek. "Uyurum birazdan. Güzel mi bari?"
"Uyuma istersen" dedim, "On beş dakikaya sende olurum."

Odaya geri döndüğümde Asuman soyunmuştu bile. Artık üzerinde sadece iç çamaşırları vardı. Yatağa uzanmış, cep telefonuna bakıyordu.

"Ballıymışsın" dedi, öbür elindeki prezervatifi sallayıp. "Bi tane çıktı çantadan."

Çok düzgün bir vücudu vardı. Ben böyle kızların teni erken yaşta portakal kabuğuna döner sanırdım. Oysa onunki pürüzsüz görünüyordu. Tam gereken genişlikte kalçaları, henüz kalınlaşmamış bir beli ve insanı sonsuza kadar seyretmeye çağıran, güzel göğüsleri vardı. Parfümünün kokusu, bütün odayı doldurmuştu şimdi.

"Hadi gel" dedi, "Kocalık yap biraz."
"Kusura bakma" dedim, "Galiba işim çıktı."
"Nesin sen? İtfaiyeci falan mısın?"

Altan kapıyı açtığında, üzerinde mavi bir eşofman vardı. Geldiğime sevindiğini gösteren herhangi bir şey yapmadı. Kapıyı açık bırakıp gitti, pencere kenarındaki küçük koltuklardan birine oturdu. Demin bana gösterdiği viski masanın üzerinde duruyordu ve daha şimdiden eksilmişti şişe.

"Geldim işte."
"İyi" dedi esneyerek. "Kapatıver kapıyı."

Bacak bacak üstüne atıp elindeki uzaktan kumandayı televizyona doğrulttu. Geldiğim için biraz sıkılmış gibiydi.

"Yoksa kızı gönderdin mi?"
"Evet" dedim, "İş yapmadan para kazanmış oldu."

Karşısındaki koltuğa oturdum. Odası derli topluydu. Konserde çaldığı Les Paul yatağın üzerindeydi. Notalar baş ucundaki masaya konmuştu. Yarım saat boyunca maç özetlerine baktık.

"Sen bu gece niye yalnızsın?"

"İnsanoğlu yalnızdır. Yalnız doğar, yalnız büyür, yalnız ölür. İçki?"

Uzattığı bardağı aldım. Tadı bardakinden iyiydi en azından. "Bir şeyler yapacak gibi bir halin vardı."

"Bunu yapacağım işte. Böyle oturup televizyon seyredeceğim."

Sinirlenmeye başlıyordum. Kırk yılda bir karşıma çıkan güzel bir gece geçirme şansını tepmiştim, ama aldırdığı bile yoktu onun.

"Memo" dedi, gözünü televizyondan ayırmadan. "Bize ne olacak?"

"Bir şey olacağı yok. Biraz laflayıp uyuyacağız."

"Bana sarhoş muamelesi yapma, kırarım kafanı."

"Olur..." dedim, "Yapmam."

Aletin düğmesine son defa basıp kapattı televizyonu. Kendisine bir bardak daha doldurdu. "Söylesene" dedi, karnını kaşıyarak. "Kaç yaşındasın şimdi sen?"

"Kırk iki."

"Güzel. Ben de kırk yedime bastım bugün. Nasıl ama?"

"Affedersin, unutmuşum" dedim. Aslında bunu söylememin de bir anlamı yoktu. Birbirimizin doğum günlerini hatırlamazdık hiç.

"Önemi yok. Yani tam kırk yedi yıl önce İstanbul'un Langa denen semtinde kahveci Hasan Efendi'nin ikinci oğlu dünyaya geldi. Peki gelmeseydi şu an ne değişirdi sence?"

Aklıma biraz önce odamda olan kızın güzel vücudu geldi. Tüm gücümü kullanıp ittim bu düşünceyi.

"Bilmem... Seni hiç tanımayacaktım mesela."

"Ne kadar kötü" dedi. Sesine acıklı bir hava vermeye çalışıyordu. "Buna dayanamazdın herhalde."

"Emin ol dayanamazdım."

"Yaşamak sana zor gelirdi."

"Nefes bile alamazdım."

"..."

"..."

Daha fazla tutamayıp koyverdik. Midemiz bulanana kadar, aptallar gibi güldük. "Doğmamış olsan biterdim ben!" diyordum, gülmemeyi başardığım aralarda, içkiyle tıkanmış burun deliklerimden güçlükle nefes alarak.

"Allah'ını şaşardın!" diye bağırıyordu o da, tam kendimize gelecekken.

Sonra yine patlıyorduk. Kahkahalarımız, Adana'nın bütün yaz kavrulmuş çocuklarını serinleten kasım rüzgârıyla birlikte, pencereden hayal meyal görünen Seyhan Nehri'ne doğru akıyordu.

Her şeye rağmen, belki hâlâ biraz genç sayılırdık.

21

İstanbul'da normal hayatıma hemen dönmek zor geldi bana. Nihat Abi'nin evine gidip eşyalarımı bıraktım. Biber beni görünce kanat çırpıp şakımaya başladı. Keyfi yerindeydi. Kapıcı kadın ona iyi bakıyordu.

Kanepede öğleye kadar uyudum. Dersim olmasa daha da uyurdum. Uçaktı konserdi derken yorulmuştum demek ki. On ikiye doğru kapı çalındı. Gülümser'in sepetinde gazeteyle kahvaltılık vardı.

"Günaydın" dedi, sepeti bana doğru sallayıp. "Başka bir şey?"

Benden bir iki yaş küçük olmalıydı. Kısacık boyluydu. Yanakları her zaman al al olurdu. Karadenizli kadınların çoğu gibi onun da insana merakla bakan, aydınlık gözleri vardı. Kocasının hapiste olduğunu biliyordum. Bu köhne apartmanı tek başına çekip çevirdiğine inanamazdınız.

"Yok" dedim, "Yarın temizliğe gel istersen."
"Yarın benimkinin ziyaret günü. Perşembeye geleyim."
"Nasıl bari, iyi mi?"
"Morali bozuk" dedi, gözlerini yere çevirip. "Avukat da ağırdan alıyor. Bir şey çıkmayacak herhalde."
"Ümidini kesme" dedim.
"Öyle" dedi, "Ümit kesmek olmaz."

Bir an karşılıklı sessiz kaldık. Sonra içini çekti. "Nihat Bey'de bir değişiklik var mı?"
"Yok Gülümser. Bildiğin gibi."
"Ben de bir gün gideyim diyorum, ama apartmanın işi çok."
"Gidersin. Belki beraber gideriz."

Gülümser cevap vermedi. İçini çekip "inşallah"a benzeyen bir ses çıkardı. Sonra da bana yüzünde adını yalanlamak ister gibi, nadiren beliren gülümseyişlerden birini bahşedip üst kata çıkan merdivenlerde gözden kayboldu.

Çeyrek kala vapuruyla karşıya geçtim. Kanlıca'daki yalının kapısını hizmetçi açtı. Onunla beraber büyük salona geçip yine aynı koltuğa oturdum. İnsan bir mekâna ilk girdiğinde nereyi bulmuşsa sonra hep oraya oturuyor.

"Lında size küs" dedi Riella Hanım, gülümseyerek. "Benden duymuş olmayın."
"Haklı..." dedim, "İhmal ettim onu."

"Herhalde işleriniz vardı. Çay içer miydiniz?"

Porselen fincanlar önümüze konduğunda, merdivenlerde ayak seslerini duydum. Sonra da tırabzanların üzerindeki küçük ellerini gördüm Linda'nın. Tam ortadaki basamakta çıt çıkarmadan durdu. Beyaz bir elbise giymişti. Sırtına akan siyah saçlarıyla, bir Ortadoğu prensesine benziyordu.

Dersin ilk yarım saatinde, bana pek yüz vermedi. Sıkıcı parmak egzersizlerini uslu uslu tekrarladı. Dersini iyi çalıştığını gösterip beni mahcup etmek istiyordu. Konuşmayarak kırıldığını belli etmek istiyordu. Bütün gerçek âşıklar gibi, biz de fırtınalar yaşıyorduk işte.

"Bir gece rüyamda sizi gördüm" dedi, egzersiz faslı bittiğinde.
"Hayırdır?" dedim.
"Bir kadınla konuşuyordunuz." Gözlerini sanki görebiliyormuş gibi pencereden dışarı çevirmişti. "Kadının sesi üzgündü biraz. Hani insan üzgünse ve üzüldüğünü belli etmemek istiyorsa sesi titrer ya, aynı öyleydi. Etrafta martı sesleri, gemi düdükleri falan duydum. Burnuma denizin kokusu geldi. Kalabalık bir yerdi galiba, başka insanların konuşmaları da vardı, ama anlaşılmıyordu."
"Ne konuşuyorduk?"
"Yanınızda olmayan birinden bahsediyordunuz. Sesiniz hiç duymadığım kadar öfkeli çıkıyordu. Kadının kalbinizi kırmış olabileceğini düşündüm, ama bunun için mi üzgündü, anlayamadım. Sonra siz ona kısık sesle bir şeyler söyleyip uzaklaştınız. Sonra da bir gemi düdüğü duydum. Nereden geldiğini anlamadığım bir de melodi duydum. Tanımadığım bir melodiydi, ama biraz sizin kasettekilere benziyordu. En son kadının ağladığını hatırlıyorum. Rüyanın sonuna kadar ağladı durdu."
"Acıklıymış."
"Evet. Uyandığımda ben de fena oldum."
"Melodiyi hatırlıyor musun?"
"Hayır. Kaydetmeyi düşündüm, ama teybi falan ayarlayana ka-

dar çıkıverdi aklından."

Kapı çalındı. Hizmetçi kız bize kurabiye ve çay getirmişti. Linda'nın başını okşayıp bir şeye ihtiyacımız var mı diye sordu. Sonra sessizce çıktı odadan.

"Bizim besteye biraz çalıştım" dedi, gitarını yeniden kucağına alıp.

"Güzel" dedim, "Çal da görelim hadi."

Dersten sonra, yetişebildiğim ilk vapura bindim. Boğaz'ın iki tarafında, iki ayrı hava vardı. Kadıköy'ü kaplayan bulutlar, Kız Kulesi'nden sonra yavaş yavaş dağılmaya başlıyordu.

Linda'nın rüyasını düşündüm. Bunun Ayşe hakkında bir işaret olduğuna inanmak o an daha çok işime geldi.

Karaköy İskelesi'nde beni güneş, kızarmış balık kokusu ve gürültü karşıladı. Balıkçılar ellerindeki mukavvalarla mangallarını yelpazeliyordu. Seyyar satıcılar jiletlerini ve plastik oyuncaklarını vapurdan inenlere satmaya çalışıyordu. Meydandaki bankamatiğe uğradım. Konser paramın ikinci yarısını da yatırmıştı Elvan Perin.

"Levent'e" dedim, taksinin şoförüne. Ayşe'yi görsem iyi olacaktı.

22

İstanbul'dan ne zaman biraz uzaklaşsam, döndüğümde bir karış suratla bulurum onu. Tarih boyunca bir kadına benzetile benzetile sonunda hakikaten kadınsı huylar edinmiş olan şehir, bana kendimi kötü hissettirmek için sanki açığımı kollar.

Daha havaalanına giderken öyle umursamaz bir eda takınmıştı ki, işlerin bensiz de yürüyeceğini anlamıştım hemen. Mesela

Kumkapı'daki mavnalar yine kum çekip boşaltacaklardı. Laleli otellerindeki Rus kızlar, gündüzleri üniversite öğrencilerine benzeyen makyajsız yüzleriyle gideceklerdi bakkala. Langaspor'un lokalindeki karatahtaya o haftaki maç saati, saha ve skor yine yazılıp silinecekti. Bütün bunlar bensiz, hiçbir dahlim olmadan, tıkır tıkır olup bitecekti ve şehir gözlerini kırpıştırarak devam edecekti her günkü yaşantısına. İstediğim yere gidebilirdim. Yüzlerce yıl bensiz idare etmişti nasıl olsa.

Üstelik Ayşe de yokluğumdan etkilenmişe benzemiyordu. Kendisini Orhan'ın yokluğuna öyle bir kaptırmıştı ki, kapıyı açıp da beni gördüğünde şaşıramadı bile. O saatten sonra bana hâlâ umut veren neydi, hangi yüzle onun macerasında kendime yer arıyordum, Allah bilir. Yanında olmak istiyordum sadece. Umutsuzluğa kapıldığında başını omzuma koysun, kocasını özlediğinde benimle dertleşsin... Böyle küçük, sıradan hesaplar.

"Dün dayısıyla konuştum" dedi, "Onun emniyette falan tanıdıkları var. Bir haftaya kalmaz çıkarmış bir şeyler."

"Çok iyi" dedim. Halbuki iyi görünmüyordu. Gözlerini iki ateş parçasına benzeten ışık azalmıştı sanki. Yüzü incelmiş gibiydi. Normalde iki haftada bir kestirdiği saçlarına bu sefer makas değmemiş olacak, üst taraflar uzayıp onun o Jean Seberg havasını tehdit eder hale gelmişti. Kirli bir sabahlık vardı üzerinde. Günlerini telefon başında uykusuz geçiriyordu.

"Sen biraz dinlen" dedim, ellerini okşayıp. "Ben buradayım nasıl olsa."

Gözlerini kaldırdı, yüzüme baktı. Gerçekten orada olduğumu ilk defa fark ediyordu sanki. "Evet" dedi, sigarasını söndürüp. "Biraz kıvrılsam iyi olacak."

"Arayan olursa uyandırırım."

"Kusuruma bakma" dedi. Bu sefer o benim ellerimi tutmuştu işte. "Sen yokken biraz panikledim. Ne yalan söyleyeyim, yalnız hissettim kendimi."

Bunu söylemişti ya, artık hayatım boyunca o telefonun başında oturabilirdim. "Hadi içeri" dedim, genelde Ezgi'ye sakladığım sesimle. "En az iki saat uyu, tamam mı?"

O yatınca ortalığı topladım. Pencereyi açtım, kasım ayının serinliği girdi içeri. Küllükleri döktüm, bulaşıkları yıkadım. Sonra da hızımı alamayıp salonu süpürmeye kalktım, ama o kadar çok toz kalktı ki vazgeçtim hemen. Pazartesi Ayşe'nin temizlik günüydü. Ev bu halde olduğuna göre, kadını dün çağırmamış olmalıydı. Ayrıca kaç gündür işe gitmediğine de emindim.

Beni asıl şaşırtan, bütün bunlar olup biterken Orhan'a karşı hissettiklerimdi. Kıskançlık ya da öfke yoktu içimde. Galiba iki durumu o sıralar henüz ayrı ayrı düşünebiliyordum. Ayşe'ye karşı hissettiklerim, ikisinin yaşadığı ayrılıktan bağımsız bir şeymiş gibi geliyordu bana. İnsan aklı, sağlığını koruyabilmek için olmadık taklalar atabiliyor.

Hem Orhan'la ikimizi düşünmek, Ben-Ayşe ya da Ayşe-Orhan çiftlerini düşünmekten daha zordu benim için. Belki de "Orhan'la ikimiz" diye bir şey yoktu zaten. Onca yıl boyunca, yanımızda kızlardan biri olmadan dışarı çıkmamıştık hiç. Oturup konuştuğumuz, tamamen kendi çabamızla geliştirdiğimiz pek bir sohbet yoktu. Evdeyken, kızlar beraber mutfağa gittiğinde mesela, baş başa kalacak olursak ya susmuş ya da karşılıklı işle ilgili salakça sorular sormuştuk. Yıllarca odun gibi davranmıştık birbirimize. Oysa karılarımız bizi arkadaş sanıyordu.

Bir keresinde, dördümüz tatile çıkmıştık. Ezgi daha yoktu. Hayat şimdikinden daha yavaş, daha anlayışlı akıyordu. Nazlı, vakıftaki işini henüz bırakmamıştı. Doğru düzgün kazandırmayan, ama onu mutlu eden bir işti. Konser vermeye gelmiş yabancı sanatçıların şehirde şaşkın tavuk gibi dolaşmasını önlemek onun göreviydi. Akşam eve döndüğünde, bütün gün kapris çekmekten yorgun düşmüş olurdu. Şikâyetlerini dinlerken, mutluluğunu da hissedebiliyordum. Ejderhalarla tek başına baş edebildiği için mutluydu. Hayatı ısırabildiği için mutluydu. Gecelerimiz, henüz jimnastiğe dönüşmemiş sevişmelerle biterdi hep.

Gençtik.

Knidos'un binlerce yıl bizi beklemiş sokaklarında hep birlikte yürüdüğümüzü hatırlıyorum. Benim elim Nazlı'nın belinde, Ayşe Orhanına sarılmış... Midelerimiz keçiyolları üzerinde arabayla saatlerce hoplayıp zıplamaktan yorgun, gözlerimiz iki yanımızdan bize dokunmadan akıp giden zamana açık, dudaklarımız sıcaktan kurumuş haldeydi. Kalıntı görmekten içime fenalık gelmişti artık. Orhan'sa hepsi birbirine benzeyen mozaikleri okşayarak Yunan şairlerinden dizeler okuyordu. İsimleri genellikle "is" ya da "os" la biten bu adamların söyleyeceği en güzel sözün bile o sıcakta beni kurtaramayacağı belliydi ama. Üçlüden izin alıp binlerce yıllık Knidos caddelerini hızla geçmiş ve kendimi şimdiki zamana dar atmıştım.

Agoranın kıyısındaki geçirdiğim o öğleyi, sonradan hayatımın ortasına yerleştirecektim. Çok önemli bir nokta değildi aslında. Hatta kaderin kalın çizgisinin yanında pek küçük, pek önemsiz kalıyordu. Ne var ki hayatımı bir şekilde ikiye bölmeyi başarıyordu işte. Ondan öncesi vardı, bir de ondan sonrası.

Mavi yolculuğa çıkanlar Knidos'a uğradığında gün batımını seyredip hüzünlensin diye yapılmış, kendi halinde bir yerdi meyhane. Radyoda, etraftaki tanrısallığa hiç uymayan bir pop şarkısı çalıyordu. Zamanında benim de barlarda çaldığım şarkılardan biriydi ve ne yalan söyleyeyim, o an iyi gelmişti bana.

İşe ta en kuzeydeki Behramkale'den başlamıştık ve kıyı boyunca ucuz pansiyonlarda dura dura aşağı doğru inerken tarihe yeterince maruz kalmıştım zaten. Bir an önce İstanbul'daki hayatıma geri dönmek ve deliler gibi televizyon seyretmek istiyordum.

Can sıkıntısı galiba akıcı bir şey. Yıllarca uğraşarak kendisine bir gedik açmayı başarıyor. Sonra da akıyor içimize. Orayı binlerce şeyle tıkamaya çalışıyoruz tabiî: sabahları becerebildiğimiz kadar sıcak bir bakışla, bebeğin ilk yürümeye başladığı anın hatırasıyla, bütün gece parlatılmış "seni seviyorum'larla, hâlâ medet umulan "ben de seni"lerle, her şeyle...

Ama sonuçta sıvı bu. İnsanın gözeneklerinden bile sızıyor. Nazlı'nın sıcaktan ve Yunan şiirinden başı dönmüş bir halde karşıma oturduğu o öğle vakti, ilk defa birbirimizden sıkıldığımızı fark etmiştik. İşin kötüsü, daha önce hissettiklerimize benzemeyen bir sıkılmaydı bu. Yapacağım hiçbir espri durumu kurtaramazdı.

Hayatımı ikiye bölen o küçük noktadan önce, iyi kötü bir şeyler yaşamıştık Nazlı'yla. Ondan sonraki on yılsa... Ondan sonraki on yıldı sadece.

23

Akşam Ayşe'yi zorla yemeğe çıkardım. Hazır cebimde para varken kıza güzel bir şeyler yaşatabilirdim belki. Sevdiği elbiselerden birini giymesini istedim. Ayşe'nin içinde hayatı sıkı sıkı tutan bir şey vardı. Ben o şeye hayrandım. Kaybetmesine izin vermek istemiyordum.

Bildiğim en havalı yer orası olduğu için, Kız Kulesi'ne gittik. Müşterileri taşıyan tekne bizi Kabataş İskelesi'nden aldı, adacığa kadar götürdü. Ayşe'nin üzerinde daha önce hiç görmediğim, mavi bir elbise vardı. Kürklü siyah paltosunu ve siyah çizmelerini giymişti. Ben de takım elbisemi giyip her şey tamam olsun diye bir de kravat takmıştım. Motorun arka tarafındaki sıraya oturduk. İstanbul'un deniz dalgalandıkça alçalıp yükselen ışıklarına hayran hayran baktık. İkimiz de ilk defa gidiyorduk kuleye. Orkestrada çalanlardan biri arkadaşımdı. İndirim yaparlardı belki.

Restoran beni hiç mahcup etmedi. Her şey çok şıktı yani. Orkestra ve ses düzeni gayet iyiydi. Girdiğimizde canavar gibi rebetiko çalıyorlardı. Ayşe'nin garsona teşekkür eden sesinde bir hafta önceki ışığı yakalar gibi oldum. Ben daha buna sevinemeden, bakışlarını pencereye çevirip suskunlaştı yine.

Sonra da "Seni şaşırtıyorum değil mi?" dedi, sigarasını yakarken ben.
"Sen benim şaşırdığımı hiç gördün mü?"
"Pek mantıklı davranmıyorum sanki."
"Bu işle mantığın ne ilgisi var?"
"Cevap yerine sorular soruyorsun."
"Bilmem... Öyle mi yapıyorum?"

Gözleri dışarıdaydı hâlâ. Yüzü cama yansıyordu. Dudaklarında bir gülümseme gördüm. Tipik Ayşe gülümsemesi.

"Memet" dedi, "Onu bulalım, olur mu?"
"Olur."
"Onu bulup eşek sudan gelene kadar dövelim."
"Peki."
"Bana bunu yapmak ne demekmiş görsün."
"Görecek..." dedim, bir taraftan da devamlı terliyordum. İçerisi mi çok sıcaktı?

Güler yüzlü garsonlar, iki taraftan kuşattıkları masamıza son rötuşları yaptı. Beyaz şarap söyledim. Ayşe de sesini çıkarmadı. İçkiye yeniden başlamış olmam artık kimseyi şaşırtmıyordu nedense.

"Sen polisiye okur muydun?"
"Bilmem..." dedim, "Pek okumam aslında."
"Agatha falan da mı?"
"Hayır. Aslına bakarsan polisiye kültürüm yok benim. Filmlerde de katili tahmin edemem. Hep yanlış adamdan kuşkulanırım."
"Yazık" dedi, "Bir ipucu bulabilsek."
"Evet" dedim saf saf. "İyi olurdu hakikaten."

İçini çekerek arkasına yaslandı. İyi bir oyun arkadaşı olamadığımın farkındaydım. Oysa bir şeyler yapabilmeyi onun kadar istiyordum. Böyle sus pus oturacağıma Cumhuriyet Meyhanesi'nden bahsetsem belki daha iyi olurdu. Öyle yaptım.

"Nasıl yani?" dedi, beni dikkatle dinledikten sonra. "Yani Alilerin ondan haberi var mı?"
"Uzun Ali bir kere sokakta gördüğünü hatırlıyor sadece. Üstelik bana pek eminmiş gibi de gelmedi."
"Niye daha önce söylemedin?"
"Boş yere heyecanlanmanı istemedim."
"Müsaade et de ona ben karar vereyim, tamam mı?"

Böylece küsmüş de olduk. Kollarını kavuşturup yeniden dışarıya, Salacak Rıhtımı'na doğru bakmaya başladı. Gözlerini, Orhan'a kızdığı zamanlarda yaptığı gibi, hızlı hızlı kırpıştırıyordu. Salacak neredeyse ıssızdı. Yağmur yeniden başlamıştı atıştırmaya. Kız Kulesi'nin ışıltısıyla karşılaştırınca bu manzara insana hüzünlü geliyordu.

"İstersen gidelim" dedim.
"Nereye?"
"Cumhuriyet'e. Uzun Ali seni görünce sevinir hem."
"Hatırlar mı?"
"Hatırlıyor."
"Yemek söyledik ama."

"Boş ver. Orada yeriz."

Cumhuriyet Meyhanesi'ne bir saat kadar sonra, kürkümüz, kravatımız ve ıslak saçlarımızla girdik. Kız Kulesi bir ada olduğu için, ha deyince ayrılamıyorsunuz oradan. Tekne bizim için özel bir sefer yapsın diye personeli Ayşe'nin aniden hastalandığına ikna etmem gerekti. Ekstradan bahşiş de verdim.

Cumhuriyet tenhaydı. Pencere kenarındaki masalar doluydu sadece. Ortadaki masada, aynı şirketten oldukları daha ilk bakışta anlaşılan bir grup, nükleer bir ciddiyetle oturuyordu. Beyaz saçlı şairler köşelerindeydi yine. Yanlarında bu sefer ben yaşlarda bir arkadaşları da vardı.

"Ben de sizi arayacaktım" dedi, Ortanca Ali. "Oturun, birazdan uğrarım yanınıza."

24

"Haber mi var?" dedi Ayşe. Kalbinin çarpıntısını artık ben bile duyuyordum.

"Köşedeki masaya geçin" dedi Ali, aynı anda başıyla şirket masasına doğru "geliyorum" işareti yapıp. "Beş dakikaya yanınızdayım."

Ayşe üzerinden sular damlayan paltosunu çıkarıp iskemlenin arkalığına astı. Ben de fırsattan istifade, kravatı çıkardım. Zaten şu halimizle bile Cumhuriyet için fazla süslü kaçıyorduk.

"Hayırdır inşallah" dedi.
"Bakalım" dedim.
"Ya kötü bir haberse?"
"Zannetmem."

"Ne biliyorsun?"
"Yüzünde öyle bir ifade yok Ali'nin."

Eline bir kürdan alıp tam ortasından kırdı. Sonra parçaları da tek tek ikiye böldü. Uzun tırnaklarını kullanarak devam etti bu ikiye bölme işine. Ali geldiğinde artık ufacık bir parçayla uğraşıyordu.

"Orhan dün akşam buradaydı" dedi Ali. Sesinde herhangi bir telaş yoktu. Ayşe ise o kadar heyecanlanmıştı ki konuşamadı bile.
"Nasıldı?" dedim.
"Valla normal görünüyordu. Bir yaramazlık yoktu yani."
"Bir şey anlattı mı?"
"Genel konuştu. Dershanedeki işler biraz ters gitmiş. Şimdi başka bir şeyler düşünüyormuş..."
"Yalnız mıydı?" dedi Ayşe.
"Yok... Gençten bir adam vardı. Suratsız bir çocuk."
"Kimmiş, söyledi mi?"
"Hayır."
"Sorsaydın keşke."
"Sorulmaz ama. Ayıptır."
"Benden bahsetti mi?"
"Sizin lokantayı anlattı. Maşallah iyi gidiyormuş."
"Başka?"
"Başka bir şey demedi."
"Peki ne yapacakmış şimdi?"
"Dedim ya, çok genel konuştu. Ha, bir de üzüm bağı lafı dönüyordu, ama tam anlamadım."
"Üzüm bağı mı?"
"Yani yanındaki çocukta biraz işadamı hali vardı. Üzüm fiyatı, Bozcaada mozcaada lafları duydum. Bu kısmını bana anlatmadı zaten. Ben servis yaparken duydum."
"Sen burada daha neler duyuyorsundur kim bilir?"
"Öyle" dedi, bilmiş bilmiş gülümseyip. "İstemesen de duyuyorsun bir şeyler."

Uzun Ali yanında çilli bir komiyle geldi. Çocukçağız boyu kadar meze tepsisini zorlanarak tutuyordu. Uzun Ali rakıyı açtı, bardakları doldurdu. Hepimizin ölçüsünü ezbere biliyordu hâlâ.

"Anlattın mı?" dedi, öteki Ali'ye.
"Anlattım işte."
Bu sefer bize döndü. "Ne diyorsunuz?"
"Valla tam anlamadık" dedim, "Orhan'ın o tipte arkadaşı yoktur pek. Yani olsa biz bilirdik en azından."
"Ayrıca üzüm bağı görse tanımaz bile" dedi Ayşe.

Birlikte kadeh kaldırdık. Geçmiş günlerimizin, o akşamın ve gelecekte bizi bekleyen tuhaflıkların şerefine aldık ilk yudumları.

"Hocalarla konuştular mı?" dedi Uzun Ali, Ortanca'ya. Başıyla ona şairlerin masasını gösteriyordu.
"Konuşsunlar mı?"
"Faydası olabilir."
"Ne konuşacağız onlarla?" dedi Ayşe.
"Orhan dün gece arkadaşı gittikten sonra onların masasına oturdu."
"O zaman bir uğramak gerekir" dedim.
"Hadi" dedi Uzun Ali adaşına. "Git bir sor istersen."

Ortanca Ali kalktı, yanından geçtiği masalardan siparişlerini de alarak gitti şairlerin masasına. O durumu anlatırken şairler kısık gözlerle bize doğru baktılar. Kim olduğumuzu hatırlamaya çalışıyorlardı belki de. Sonra hep birlikte gülümsediler.

"Beraber rakı içmek bugüne kısmetmiş" dedi, en yaşlı şair. Güzel bir yüzü, eski moda bir gemici şapkası vardı. Dudağının ucunda çapkın bir kıvrımla bakıyordu Ayşe'ye.
"Evet" dedim, "Onca zamandır selamlaşırız halbuki."

Hayatımda ilk defa üç şairle birden aynı masaya oturuyordum. Üstelik, adamları okumuş olduğumdan bile emin değildim. Bu yüzden sıkıntılıydım biraz. Umudum Ayşe'deydi. Şiirden anlardı o.

"Davetiniz için teşekkürler" dedi, gülümseyerek.

"Ne demek" dedi, gemici şapkalı şair. "Asıl siz bizi davet ettiniz."

Şairlerin hayata farklı gözlerle bakıp mecazlarla konuşan insanlar olduğunu biliyordum. Bu yüzden, yanlarında öküz durumuna düşmemek için dikkatli olmam gerekiyordu.

Yanımda oturan öteki şair elini omzuma koydu. Eskiden de onunla her gelişimde selamlaşırdık. Dik ve gür saçlarını, beyaz sakallarını, gülümsediği zaman iki çizgi haline gelen gözlerini seviyordum.

"İsterseniz hemen bir pencere açıverelim."

"Tamam..." dedim kibar kibar. "Işık tutsun bize."

"Yok..." dedi, öksürerek. Bir taraftan da bana arkamdaki vasisdası gösteriyordu. "Onun için değil. Burası çok feci duman altı oldu da..."

Kalktım, güç bela açtım pencereyi. Rutubet yüzünden şişmişti herhalde. Sonra kasım gecesinin serinliği yüzüme değdi. Yerime döndüğümde, Ayşe konuya girmeye çalışıyordu.

"Nasıl yani?" dedi, gemici şapkalı şair. "Şu dünyada bir adam var. Bu adam, sizin gibi bir kadınla evlenecek kadar şanslı. Ve günün birinde sırra kadem basıveriyor, öyle mi?"

"Biz de onu adamdan sayıp masamıza kabul ediyoruz" dedi, beyaz sakallı olan.

"Bilsek hiç yapar mıydık?"

"Asla! Asla!"

"Başta ben de çok sinirliydim" dedi Ayşe. "Ama şimdi kızgınlığım geçti. Sadece çok merak ediyorum."

"Hiç merak etmeyin" dedi, gemici şapkalı.

"Evet" dedi, beyaz sakallı. "Zengin olacak o."

"Nasıl yani?"

"Söylemedi" dedi, o ana kadar hiç konuşmamış olan üçüncü şair. Ben yaşlardaydı. Kalın, tok bir sesi vardı. Oysa gözlükleri, hafif kalkık burnu ve çok zayıf olmasına rağmen taktığı pantolon askıları, ona çocuksu bir hava veriyordu.

"Ama zengin olmayı kafaya koymuş" dedi gülümseyerek. "Biz de kendisine acil şifalar diledik."

25

Hastane koridorundaki kanepede, Gülümser'le yan yana oturuyorduk. Onu kandırabilmek için yolu uzatıp önce Kurtuluş'a uğramıştım. Apartmanından çıkmamak için çok bahanesi vardı Gülümser'in. Kocası hapse düştükten sonra kendisine sipariş kâğıtlarından, sarkıtılan sepetlerden ve kalorifer kazanından yeni bir dünya kurmuştu. Orada kendisini güvende hissetmesini anlıyordum. Nihat Abi'yi görmek istediğini de biliyordum ama. Sonunda kaşlarını çatıp sepetini on yedi yaşındaki büyük oğluna verdi ve mantosunu geçirdi sırtına.

"Buyrun" dedi hemşire. Beyazlar içinde, güzel bir kızdı.

"Nasıl?" dedi Gülümser.

"Aynı" dedi kız, bir ona bir de bana bakıp. "Bir değişiklik yok."

Yatağın karşısındaki kanepeye oturduk. Nihat Abi onu son gördüğümde olduğu gibi, makinelerin arasında yatıyordu yine. Biraz sakalları uzamıştı. Gülümser çantasını kucağına koymuş sıkı sıkı tutuyordu. Boyu kısa olduğundan, ayakları zar zor değiyordu yere.

"Buraya ne zaman gelsem" dedim, "Nihat Abi konuşulanları

duyuyormuş gibi geliyor bana. Sanki bizi dinliyor ve içinden cevap veriyor. Böyle düşününce daha iyi hissediyorum nedense kendimi."

"Ya..." dedi Gülümser. "Tatlı dilliydi sağ olsun."

"Kocan nasıl?"

"Temyiz memyiz, uğraşıp duruyoruz işte. Bir şey olacağı yok."

"Suçu neydi affedersin?"

"Kaza..." dedi, "Kamyoncuydu benimki. Ortaköy yokuşunda gece frenler tutmamış, gidip çarpmış pilavcıya. Tabiî pilavlar bir tarafa adam bir tarafa. Adamcağız oracıkta hakkın rahmetine kavuşmuş, bizimki de o gün bugündür içeride."

"Yazık" dedim.

"Yazık ki ne yazık" dedi.

"Oğlanlar?"

"Büyüğü ondan sonra bıraktı okulu, lokantaya girdi. Küçük de bu sene ilköğretimi bitirecek. Bakalım..."

Küçük bir ışık, hastaneyi çevreleyen binalar arasından elenerek pencereye geldi. Oraya kadar gelmişken durmak için bir bahane bulamadı, içeri süzülüverdi. Önce benim saçlarımla Gülümser'in başörtüsünü yokladı, sonra yoluna aynı tembellikle devam etti. Ayaklarımızı geçti, yerdeki mavi beyaz karoları geçti, Nihat Abi'nin yatağına tırmandı. Onun kırçıllı sakallarına kadar yürüdü, orada durdu. O sırada iki serçe dışarıdaki griliğin arasından fırlayıp pervaza kondu. Gölgeleri, Nihat Abi'yi aylardır örten beyaz çarşafa düştü. Hareketleri, sessiz filmlerdeki insanlar gibi telaşlı ve kesik kesikti.

"Şunlara bir şey versek" dedi Gülümser. "Uğurdur."

Kendimi tutamayıp güldüm. "Bilsek getirirdik bir şeyler."

Gülümser çantasını açtı ve orada ne aradığını hiç anlamadığım, gazete kâğıdına sarılı yarım bir simit çıkardı. Pencereyi açınca uçuşuverdi serçeler. Gülümser hiç aldırmadan pervazın üzerine ufaladı simidi. Bunu yaparken, dudaklarının kıpırdadığını gördüm. Kapıcı kadının duası hastane odasını usul usul doldurdu. Bense Fatiha dışında tek bir dua hatırlamıyordum. Gözlerimi kapattım, havada uçuşan ve uçları sağa sola kıvrık harflerden birine tutunarak, Nihat Abi için huzur diledim. Su gibi, kum gibi, rüzgâr gibi bir huzur... Çünkü hayat yeterince huzursuz etmişti onu.

Gülümser'le sokağın köşesinde ayrıldık. Caddenin karşı tarafındaki otobüs durağına doğru, Adile Teyze adımlarıyla yürüdü. Kurtuluş'taki apartmanı onu bekliyordu.

Bense onu kıskanıyordum. Her şeye rağmen bende olmayan bir şeye sahipti. Hayatın hâlâ ondan çıkarı vardı. Bir gün ortadan kaybolmaya karar verse, apartmandaki kiracıların hayatında iyi kötü bir boşluk doğabilirdi. Ben ortadan kaybolmaya karar versem ne değişirdi, bilmiyorum.

Günün geri kalanında yapacak işim yoktu. Ayşe'yi görmek için Hanımeli'ne gittim. Öğle vaktine denk gelmiştim yine, içerisi kalabalıktı. Ayşe daha gelmemişti. Safiye, garson çocukla beraber sipariş yetiştirmeye çalışıyordu. Beni görünce gözlerinden öyle bir ifade geçti ki, hemen gitsem hiç fena olmayacağını düşündüm. Ama veda etmek için elimi kaldırdığımda o da elini kaldırdı, "bir dakika bekle" işareti yaptı. Kapıyla mutfak tezgâhının arasında, elimi kolumu nereye koyacağımı bilemeden bekledim ben de.

Sonra adisyon fişlerini karalayarak yanıma geldi. "Konuşabilir miyiz?" dedi. Bana gülümsemeye çalışıyordu. Yüzündeki sert ifadeye gülümseyiş hiç olmuyordu ama.

"Tabiî" dedim, "Ne konuşacağız?"

"Ayşe hakkında. Siz oturun, iki dakikaya geliyorum."

Havada, Nihat Abi'nin odasını aydınlatmış o bir parçacık güneşten de eser yoktu şimdi. Koyu gri bulutlar, gökyüzünü ele geçirmek için yarış halindeydiler. Rüzgâr şiddetini artırmıştı. Kış hayatlarımıza yeniden girmek üzereydi. Birkaç gün içinde, lahana gibi giyinmeden çıkamaz hale gelecektik.

Safiye'yle konuşmak istemiyordum. Bana ne söyleyeceği hakkında hiçbir fikrim yoktu. Bunun pek hayra alamet olmadığını da bir şekilde hissediyordum ama.

Safiye kasanın başına geçmiş, önüne gelen yemek kuponlarını bir düzene sokmaya çalışıyordu. Siyah saçlarını atkuyruğu yapmıştı. Üzerinde onu çocuk gibi gösteren, aşırı bol bir boğazlı kazak vardı. Yüzündeki ifade kasanın başındayken de değişmiyordu. Yemek kuponlarına ve insanlara, kirli tabaklara ya da çiçeklere hep aynı gözlerle bakıyordu Safiye.

Son müşteri de çıktıktan sonra gelip karşıma oturdu. "Bir şey söylememişsiniz..."

"Pek bir şey yiyesim yok" dedim. Midem sabahtan beri kaynıyordu nedense.

"Siz bilirsiniz" dedi.

"Ayşe nerede?"

"Evde. Bugün gelmeyecek."

"Niye? Bir şey mi oldu?"

"Meraklanacak bir şey değil" dedi, sigarasını yakarken. "Sabah kendisini iyi hissetmemiş. Ruhen yani. Galiba bir çeşit travma geçiriyor. Ruhu böyle şeylere alışkın olmadığından da, baş etmekte zorluk çekiyor. Üstüne gitmemek lazım. Birkaç gün onsuz idare edebiliriz."

Cevap vermediğimi görünce o da bir an sustu. Sonra o kırgın gülümseyişlerinden birini takınıp içini çekti.

"Ne hissettiğinizi biliyorum."

Midem daha da kötüydü şimdi. Nefes borum yanıyordu. Sonra gözlerim doluverdi. Tam hiç tanımadığım birinin karşısında duygu spazmı geçirmekten korkmaya başlamıştım ki, bu sefer daha sakin bir sesle devam etti Safiye.

"Ayşe benim yirmi yıllık arkadaşım, biliyor muydunuz?"
Biliyordum. "Biliyorum" dedim.

Bir sessizlik oldu. O arada garson gelip Safiye'ye şimdi hatırlamadığım bir şey sordu. Bir otobüs Mecidiyeköy yoluna yavaşça saptı. Bir kuş saçağın altına konup yeniden uçtu. Hayatımızdan geri getirilmesi imkânsız bir dakika geçti.

"Peki siz?" dedi Safiye, gözlerime bakarak. "Onu siz de üzecek misiniz?"

26

Döndüğümde Ayşe hâlâ evdeydi ve ne yalan söyleyeyim, hiç iyi görünmüyordu. Dün geceki yağmur da pek iyi gelmemişti kıza.

"En azından hayatta olduğunu öğrendik" dedim.
"Üstelik bir şeyler çeviriyor."
"Evet" dedim. Orhan'ı düşününce bu fikir aslında komik geliyordu insana.
"Dün gece o adamların söyledikleri aklımı karıştırdı benim. Sahi ne tuhaf bir geceydi değil mi?"
"Evet."
"Evet deyip durma lütfen."
"İlaç ister misin?"
"Boş ver."
"İyi görünmüyorsun ama."
"Şimdi ortada bir üzüm bağı meselesi var. Bir tane de üzüm bilmemnecisi adam var. Orhan'ın zengin olacağına inanan üç tane de şair var. Fellini filmi gibi!"

Fellini filmlerini bilmiyordum. "Bana kalırsa" dedim elimin tersiyle alnını yoklayarak. "Bir şey için uğraşıyor olması iyiye işaret. Bu saçma sapan bir şeyler yapmayacağını gösterir. Şimdi çıkıp ilaç alacağım sana."

"Hiç uğraşma."

"Ateşin var güzelim."

"Uğraşma, boş ver... Memet, benim gücüme giden ne biliyor musun? O salağa aylarca gelip bizimle lokantada çalışması için yalvardım, değil mi? Peki o ne yaptı? Tınmadı bile! Gündüzleri evde oturup şiir okudu, geceleri rakı içip sarhoş oldu. Şimdi kel alaka bir adamın masasına oturup Bozcaada'ya gitme planları yapıyor. Bu ne demek biliyor musun?"

"Bozcaada'ya gitme planı yaptığını bilmiyoruz daha."

"Bal gibi de biliyoruz."

"Bilmiyoruz" dedim, "Ayrıca sen de hastasın. Kapanmadan çıkıp ilaç almam lazım."

"Bu, şu demek. Ayşe ekarte ediliyor."

"Kimse bir şey edilmiyor. Birlikte bir karar verdiniz."

Birden sustu. Bunu beklemediğim için ben de şaşırıp sustum. Pencere kenarındaki yemek masasında oturuyorduk. Başını çevirip dışarı baktı. Uzun, kuğu gibi boynuna bir kez daha hayran kaldım. Küçük burnu silmekten kıpkırmızı olmuştu. Saçları gerçekten de uzuyordu. Ama o saçlar, öğleden sonra ışığında o kadar da fena gelmedi bana. Herhalde uzun saç da ona yakışacaktı.

"Evet" dedi, burnunu çekerek. "Bir karar verdik."

Uzanıp elini tuttum. "Ayşe" dedim, yine kızımla konuşur gibi, "Ben şuna inanırım ki hayatta hiçbir karar geri dönüşsüz değildir. İnsanlar oturur, konuşur, vaziyete bir daha bakar. İcabında bozulur o kararlar. Ama sen kendin söylemiştin, biraz kendi haline bırakmak lazım olayları. Zaman her şeyi toparlar."

"Buna inanıyor musun?"

"İnanıyorum tabiî."

"Seni toparladı mı peki?"
"Benim durumum değişik ama."

Bir şey söyleyecek oldu, sonra vazgeçti. Söyleseydi ne cevap verecektim, Allah bilir. Dudaklarını gülümser gibi bükerek avucumu sıktı.

"Peki Memet... Öyle olsun."
"Şimdi çıkıyorum. Hemen gelirim."
"Ne ilaç alacağını biliyor musun bari?"
Bilmiyordum. Kendim ilaç kullanmazdım. Annemin ilaçlarından da alamazdım herhalde.
"Sedergine ve Theraflu al" dedi, "Bir boka yarar mı bilmem, ama biraz uyutur hiç olmazsa."

Ceketimi giyip kapıya yürüdüm. Tam çıkıyordum, seslendi arkamdan.

"Memet..." dedi.
"Evet..." dedim.
"Kız Kulesi çok güzeldi."
"Evet" dedim gülerek. "Güzeldi sahiden."
"Teşekkür ederim. Hiç unutmayacağım."

Eski Türk filmlerinde adamların konuşurken neden kadınlara sırtlarını döndüklerini işte o an anladım. Gözlerim dolu dolu olmuştu ve geriye dönecek olsam bir rezalet çıkaracağımı adım gibi biliyordum.

"Ben de..." dedim, sesimi hiç titretmeden. "Herhalde ben de unutmam."

27

Ve kış geliverdi. Sonbahar bize çaktırmadan tasını tarağını toplamış ve bir gece içinde titrek bir yaprak gibi uzaklara uçup gitmişti. Uyandığımızda artık yağmura pek benzemeyen bir yağmurla, insanın yüzünü tokatlayan bir rüzgârla karşılaştık. Borsacı çocuk akşamüstü uğrayıp gitarını alacaktı. Beyaz Washburn'un fazla işi kalmamıştı. Yine de temkinli davranıyordum. Sap ayarı konusunda çok tecrübeli sayılmazdım ve son dakika aksiliklerini çekecek halim yoktu hiç.

Gitarla uğraşırken kendimi iyi hissettim. Küçük tezgâhıma oturduğumda, karşı duvardaki aynadan yansıyan görüntümü seviyordum. İnsanlar en çok kendi işlerini yaparken güzel görünüyor.

Sap ayarının bozulması, genellikle kullanandan kaynaklanır. Durup dururken saplarını bozmaz gitarlar. Sahiplerinin onları sağa sola çarpması ya da yanlış yerlerinden tutup taşıması yüzünden olur. Akordu ne kadar düzgün olursa olsun, bazı notalarda bozuluverir ses. Ayrıca, hassaslık isteyen bir iştir. Uğraşırken gitarı kullanılmaz hale getirmek de mümkündür yani. Gerçi amatör gitarcılar böyle şeyleri fazla kafaya takmaz, ama ince tellerin sesindeki küçük bir sapma, bir profesyonelin moralini bozmaya yeter.

Prensibi basittir bu işin. Vidayı sıkarsınız, siz sıktıkça sapın ortalarına bir yere bağlı tel gerilir. Gerilirken de, haliyle, sapı geriye çeker.

Washburn marka gitarları seviyordum. Nihat Abi'yi Velvele Kahvesi'nde ilk gördüğümde, elinde kırmızı bir Washburn vardı. Gitarı iki eliyle kaldırmış, aletin sapını yokluyordu. Daha liseyi yeni bitirmiştim. Üç notayı bir araya zor getiriyordum. Altan'sa birkaç yıldır üniversite sondaydı. Birkaç haftadır oraya takılmaya başlamıştı. Çalınan müzikleri, dönen muhabbetleri ballandırıyordu bize. Onunla buluşmak için girip köşedeki masaya utana sıkıla oturduğum an kendimi mekâna ait hissetmiştim.

İstanbul'un bütün gitarcı abileri oradaydı. Daha önce bir arada görmediğim kadar çok plak vardı. Santana'yı, Thin Lizzy'yi, Bad Company'yi falan ilk orada tanıdım. Abilerin ağzından çıkan her kelime, titrek hafızamızın derinliklerinde not alınıyordu. Ceplerimizde babalarımızdan aldığımız harçlıklar, çantalarımızda ders kitapları, önümüzde bizi Abbey Road stüdyolarına götürecek uzun bir yol vardı.

Yağmur iyice hızlanmıştı. Vidayı bir çeyrek tur döndürdükten sonra durdum. On dakikalık bir ara verdim. Ayar yaparken tahtanın alışma süresini de hesaba katmak lazımdı. Bükülmesi zaman alıyordu çünkü. Daha fazla zorlarsam sap elimde kalabilirdi. Hem bu arada çay koyabilirdim.

"Bu gitardan bir bok olmaz!" demişti Nihat Abi, başını hâlâ sapa yapıştırmış halde. "Şu çocukçağız bile anlar bunu."

Çocukçağız, yani ben, o an hayatımda hiç utanmadığım kadar utanmıştım. Bir kere Nihat Abi'yi daha tanımıyordum. Televizyona çıkan müzisyenlerden değildi. Ayrıca niye beni işaret ettiğini de bilmiyordum. Lise üniformamla aptala benziyordum herhalde.

"Ama o kadar para saydık!" demişti karşısındaki iki adamdan biri.

"Evet!" demişti, ikinci adam da. "Üstelik gümrükten çıkarana kadar anamız ağladı!"

Adamların müzisyene benzer bir halleri yoktu. Kerliferli, göbekliydiler. Üstelik Nihat Abi'ye sinirlenmeye başladıklarını ben bile anlayabiliyordum. Oysa hiç oralı değildi sanki. Başını gitardan sakin sakin ayırmış, kırmızı Washburn'u arkasındaki duvara yaslayıp gülümsemişti.

"İyi işte. Kışın sobada yakarsınız."

"Yapma be Niho, hiç mi para etmez?"

"Birisi haşat etmiş bunu. Markasına bakıp aldanan bir salak bulursanız ne âlâ. Yoksa atın gitsin."

"Bulunur mu peki?"

"Ne? Salak mı?"

"Canım, anla işte. Müşteri ayarlarsın sen."

"Niye? Arkamdan Nihat da göt oldu desinler diye mi?"

"Ne?" diye bağırmıştı, adamların zayıf olanı. İskemlesini devirerek ayağa kalkmıştı sonra. Elinde güzel bir Bursa sustalısı, pırıl pırıl parlamıştı.

"Sen kime göt diyosun lan kızıl zibidi?"

O an hem korkmuş hem de filmlerdeki bar kavgalarından birisi çıkacak diye umutlanmıştım. Çıkmamıştı... Kavgadan daha enteresan bir şey olmuştu ama. Nihat Abi yerinden kımıldamamıştı. Onun yerine kahvenin öteki masalarında oturanların hepsi aynı anda ayağa kalkıp çıt çıkarmadan, bıçak tutan adama bakmışlardı. Saçlı sakallı müzisyenleri o halde görmek inanılmaz bir şeydi.

"Çek arabanı be Ragıp...", demişti, içlerinden biri. "Durup dururken üzmeyelim seni."

Çaydan bir yudum aldım, vidayı dikkatle döndürmeye devam ettim. Fazla zorlanmıyordu. Sapın döndürme zorluğu, kırılma noktasını belirleyici bir şey değildir zaten.

Nihat Abi'yle asıl tanışmamız bu olaydan birkaç hafta sonrasına rastlıyordu.

Okul kırmanın farz olduğu güneşli bir cuma günü, sabah erkenden Velvele'ye gitmiştim. Kahve boştu. Nihat Abi çay ocağının önündeki masada gazete okuyordu. Görünce başıyla selamlamıştı beni. Bu bana gurur vermişti. Washburn olayından sonra ona ayrıca bir ilgi duyuyordum, ama kendimi tanıtacak fırsatım olmamıştı hiç.

"Günaydın" demiştim, yanındaki masaya ilişerek.
"Savcı Doğan Öz'ü vurmuşlar..." diye mırıldanmıştı, içini çekip. "Bu iş nereye varır dersin?"

Cumhuriyet okuyordu. Bense Doğan Öz'ün kim olduğunu bilmiyordum. "Bilmem" demiştim. Cahilliğimden utanıyordum. "İnsanların böyle ölmesi çok kötü."

"Sen üniversitede değilsin, değil mi?"
"Hayır. Altan üniversiteli."
"Altan kim?"
"Buraya beraber geldiğim mahalleden arkadaşım. Komşuyuz biz. Beraber grup kuracağız."
"O zaman söyle dikkat etsin. Fakülteler çok karışık."
"Olur. Zaten o anlamaz hiç o işlerden."
"Varsa yoksa gitar, öyle mi?"
Konu sonunda gitara gelebildiği için sevinmiştim. "Evet" dedim, "Grup kuracağız."
"Ve meşhur olacaksınız!"
Sesindeki alay hoşuma gitmemişti. "Güzel müzik yapalım yeter" demiştim, "Gerisi nasıl olsa gelir herhalde."

Nihat Abi'nin elindeki *Cumhuriyet*'i katlayıp çantasına koyduğunu hatırlıyorum. Sonra gülerek elini uzatmıştı bana. "O zaman tanışalım. Ben Nihat."
"Ben de Memet" demiştim, kalbim güm güm atarken.

28

Nihat Abi bize her şeyi öğretmişti. Sadece gitar çalmasını değil, çalınan gitarı dinlemesini de öğretmişti. Şarkı nasıl çıkarılır, nasıl içine sıçılmaz, teknik nedir, hissiyat nedir, yıllarca anlatıp durmuştu.

Bizim için çok kolay olmuyordu bu işler. Bir kere, Nihat Abi zor adamdı. Günü gününü tutmuyordu. Çaldığımız gitara bir gün bayılırken ertesi gün aynı şey yüzünden fırça yiyebilirdik. Yine de bütün o gelgitlerinin altında hiç yön değiştirmeden akan bir kişiliği vardı ama. Ertesi gün nasıl davranacağını bilemezdiniz Nihat Abi'nin. Beş yıl sonra nasıl davranacağınıysa gayet iyi bilirdiniz. Zaten en çok bu yüzden sevilirdi.

Yetmişlerin sonlarıydı. Memleket tuhaf günler yaşıyordu. Langa'daki evimizin perdelerini açmaya korkuyorduk. Hem kendi oğlu hem de mahalledeki bütün çocuklar için dua eden annemin namazları bitmek bilmiyordu artık. Nihat Abi'nin solcu olduğunu da bilmeyen yoktu. Ne var ki kendine has bir solculuktu onunki, hiçbir grupla ilişkisi duyulmamıştı. Durmadan *Cumhuriyet* okur, ama pek fazla siyaset konuşmazdı.

Yine de bazen kendi kendine işkillenir, birisinin onu takip ettiğini söyler, tanımadığımız biri gelip sorarsa dikkatli olmamızı tembihlerdi. Bunu fiyaka olsun diye mi yapıyordu yoksa var mıydı hakikaten böyle korkuları, uzun zaman anlayamadım. O Nihat Abi'ydi işte. Ona bazı şeyleri sormanın imkânı yoktu.

Biz Sessiz Gemiler'in ilk konserini vermeden bir gece önce, Altan'la ikimizi bira içmeye götürmüştü. Beşiktaş'ta cadde üzerinde, Denizcilik Müzesi'ne bakan bir birahanenin üst katındaydık.

"Çocuklar..." demişti, bıyığındaki köpükleri elinin tersiyle silip. "Grubun isminden emin misiniz?"
"Sevmedin mi?" demişti Altan. İsmi bulan oydu.
"Yani ne bileyim... Lise grubu ismi gibi. Fazla nahif."
"Nahif ne demek?"
"Nahif, nahif kelimesinin anlamını bilmemek demek mesela. Yani biraz çocukça."
Altan alınmaya başlamıştı. "Abi bunu daha önce söyleseydin ya."
"Afişleri falan bastırmıştınız artık. Aslında hiç söylemeyecek-

tim, dayanamadım."

"Bence bir problem yok."

"İyi o zaman."

"Ne koysaydık yani, Son Mohikanlar mı koysaydık?"

"İyi o zaman Altan. Uzatma artık."

"Evet" dedim, araya girip. "Uzun etmeyelim."

"Benim bir şey yaptığım yok!" diye bağırdı Altan. "Yarın konsere çıkacağız ve gelip bize ne söylüyor!"

"Ağır ol bakalım biraz."

"Olmazsam?"

"Lafını bilecek misin?"

"Ya bilmezsem?"

"Grup kurdun diye karşımda adam mı oldun, it!"

Bu son laf, sessizlik tanrısının garip bir cilvesi sayesinde bütün birahanenin iki saniyelik bir es verdiği ana denk geldiğinden, bir süre havada asılı kalmıştı. Birahane tavanı yüksek olduğu için, onun akustiğinden de faydalanarak şöyle bir turlayıp yeniden tepemize gelmişti sonra. Altan o lafı almış, kot montunun iç çebine koyup kalkmıştı yerinden. Merdivenleri sert adımlarla inip gözden kaybolmuştu.

"Eşşoğlueşşek" demişti Nihat Abi.

"İçkiye zayıf işte..."

"Götüyle içmesin o zaman" diye hırlamıştı bu sefer. Resmen burnundan soluyordu hâlâ.

O an dışarıdan bir el silah sesi duymuştuk. Bu ses geçen yıllar içinde hepimizin zihninde o kadar yer etmişti ki onu bir kez duymak, her türlü ruh halinin içinden çekip çıkarmaya yeterdi bizi.

"Altan..." demişti Nihat Abi.

Sonra masayı devirircesine kalkmış, Altan'ın daha iki dakika önce sarstığı basamakları üçer beşer atlayarak inmişti. Ben kapıya vardığımda o caddeyi geçip parkın oraya varmıştı bile.

Onları bulduğumda vapur iskelesinin önünde birbirlerine sarılmış haldeydiler. Uzaktan siren sesleri geliyordu. Bir vapur iskeleye yanaşıyordu. Altan'ın o yıllarda Kadıköy'de oturan bir sevgilisi vardı galiba. Nihat Abi'nin omzunun üstünden, şaşkın gözlerle bakıyordu bana.

"Tamam aslanım" diyordu Nihat Abi, "Tamam koçum. Yok bir şey."

Nihat Abi'nin, bir kardeşini üç yıl önceki bir üniversite çatışmasında kaybettiğini çok sonra öğrenecektik.

Altan, birahanede cebine koyduğu lafı oradan asla çıkarmadı ama. Kim bilir, belki bugün bile saklıyordur.

29

"Ayşecim" dedim, "Bir şey yesen iyi olur."

"Canım istemiyor." Çatalını elinde evirip çevirerek pencereden dışarı bakıyordu. Ufka doğru.

"Sen zayıflarsan müşterilerin de kaçar ama."

"Niye? Ne alakası var?"

"Kendi yemek yemeyenden lokantacı olur mu?"

"Niye olmasın?"

Demek ki şakadan anlamaya niyeti yoktu, üstelemedim. Rüzgârın bulutları oradan oraya koşturduğu gri bir sabahtı. Ayşe'yi zorla uyandırıp masaya oturtmuştum. Aklımıza Orhan'ı bulmamıza yarayacak yeni hiçbir şey gelmiyordu. Kızcağız işe giderse daha iyi hissederdi belki.

"Bak..." dedi, çatalının ucuyla göstererek. "Kâmuran Hanım."

Yaşlı kadın bahçeye çıkmış, tozu dumana katan rüzgâra aldırmadan ağaçlara bakıyordu. Üzerinde sarı bir balıkçı yağmurluğu, ayaklarında kalın çizmeler vardı.

Zeytini yesin diye Ayşe'nin önüne doğru sürdüm. "Orhan sana anlatmış mıydı?"

"Neyi?"

"Müteahhit olayını. Kadıncağız evi satmayı düşünüyor."

"Biliyorum."

"Ne yapacaksın peki?"

"Bilmem. Daha düşünmedim."

"Düşünsek iyi olur" dedim, boşalmış çay bardaklarını elime alıp. "O herif bu evi kesin yıkar bence."

"Bir bu eksikti" dedi.

"Acıyorum aslında kadına. Biraz kederli bir yüzü var."

"Hayat hikâyesini biliyor musun sen?"

"Acıklı mı?"

"Eskiden pavyon şarkıcısıymış" dedi, çatalı tabağına bırakıp. "Bana açık çay koy, olur mu?"

Kâmuran Hanım önünde durduğu dut ağacının gövdesini eliyle okşadı, sonra dönüp bize doğru baktı. Gülümseyerek el salladı. Aydınlık, hoş bir gülümseyişi vardı. Ayşe ona karşılık verdi. Bardakları alıp mutfağa yürüdüm.

"Günün birinde İzmir'de bir adamla tanışmış" dedi Ayşe, getirdiğim çayı karıştırırken. "Kâmuran Teyze fuarda uvertür çıkıyormuş. Adam da tüccar. Resmen karısını boşamış Kâmuran Teyze için. Sonra işleri bayağı bir bozulmuş ama. Herhalde ilk karısının ahı tutmuş. O kadar handan hamamdan geriye ellerinde bir tek bu ev kalmış sonunda. İşin komik tarafı, zaten yasak aşk yaşarlarken buluştukları evmiş burası."

"Garsoniyerde oturuyoruz yani. Çok şahane."

"Aslında fena bir yer sayılmaz" dedi, gülerek. "Adam işi biliyormuş."

"Gel bak" dedi, masadan kalkıp. Zaten kahvaltıdan yırtmak için bahane arıyordu. Önüme düşüp beni koridorun öbür ucuna götürdü. İçinde plastik kovaların, boya fırçalarının falan durduğu ahşap dolabı tutup yana çektik. Ayşe eğildi, boya fırçalarından birinin tersiyle marley zemine vurdu.

"Duydun mu?"
"Ne duyacaktım?"
"Bir de müzisyen olacaksın. Ses sana garip gelmiyor mu?"
"Bilmem... Gelmesi mi lazım?"
Fırçanın dibiyle bu sefer bir metre gerideki bir noktaya vurdu. Sonra yeniden dolabın altındaki karoyu yokladı. "Farkı gördün mü?".
"Burası biraz yankılanıyor galiba."
"Evet. Evde eskiden aşağı doğru helezonî merdiven varmış. Katları birbirine bağlıyormuş. Yeri de büyük ihtimalle burası."
"Kızım sen nereden biliyorsun bunları?"
"Oğlum ben burada üç senedir oturuyorum. Kâmuran Teyzem akşamüstleri uğrardı bana. Sohbet ederdik."
"Şimdi niye etmiyorsunuz?"
"Etmediğimizi kim söyledi?"
"Orhan'ın durumunu biliyor mu peki?"
"Ben bu kadar şey bildiğime göre, o da benim hakkımda bir şeyler biliyor tabiî. Kadınlar bu işi karşılıklı yapar."

Alt katın kapısında yaşlı kadınla karşılaştım. Boyasız gri saçları, yağmurluğun başlığından kıvrımlar halinde taşıyordu. Eski bir pavyon şarkıcısına benzemiyordu işte. Filmlerdeki İstanbul hanımefendilerine benziyordu.

"En çok ağaçlara üzülüyorum" dedi.
"Belki kesmezler, belli mi olur?"
"Onları eşim severdi. Benim nebatatla aram yoktu pek. Ama onu kaybettikten sonra ben de pek bir düşkünleştim. Yazık."
"Belki kesmezler ama."

Başını çevirip önce o iki ağaca, sonra tekrar bana baktı. Dudaklarında tuhaf bir gülümseme vardı. Nasıl derler, acı bir tebessüm.

"Kızımız nasıl?"

"İyi... Daha iyi yani. İşe gitti demin."

"Hayat böyle işte. İnsan bazen her şeyi kabul edemiyor."

Başımı eğip sustum. O an ne söylesem yanlış olacakmış gibi geldi bana.

30

Öğleden sonra Veli'ye gittim, bana yeni aldığı efekt aletini gösterdi. Neredeyse yarım metre boyundaki alet çok havalıydı. Her tarafında ışıklar yanıp sönüyordu. Üzerinde çeşitli pedallar yan yana dizilmişti. Ona baktıkça çocuğun içi mutlulukla doluyordu herhalde.

"Hocam sana da lazım bundan bir tane" dedi.

"Kaça aldın sen bunu?"

"Üf! Hiç sorma!"

Sonra şeker pembesi gitarını alete bağladı, düğmelere dokundu ve yarım saat boyunca canhıraş sesler çıkardı karşımda. Alet o kadar gelişkindi ki, içine giren her türlü sesi iyice cilalamadan bırakmıyordu. Onun sayesinde Veli'nin çaldıkları bile müziğe benzeyecekti neredeyse.

"Evet" dedi sonunda. "Ben hazırım!"

"Önce gitarı pedaldan çıkar" dedim, "Çıplak çalmak senin için daha iyi."

"İnsan böyle bir oyuncağı nasıl bırakır ki?"

"Çalmayı öğrenmek istiyorsa bırakır. Daha oralara gelmedik."

Birden yüzü asılıverdi. Hakikaten çocuk gibiydi bu Veli, otuzunu devirdiğine inanamazdınız. Hiç konuşmadan yaptı söylediğimi. Sonra da oyuncağını topladı, kutusuna yerleştirdi. Gitarını kucağına alıp karşımdaki sandalyeye oturdu.

"Hocam be..." dedi, acıklı bir sesle. "Benden bir bok olmaz di mi?"

"Bilmiyorum" dedim. Böyle bir söz beklemiyordum ondan. Ayrıca söz o kadar doğruydu ki ne cevap vereceğimi bir an sahiden bilemedim. Ona acı gerçeği söylemem gerekip gerekmediğini düşündüm.

"Bu işin yüzde sekseni çalışmak bence" dedim. Ne de olsa öğretmeniydim. Umudunu kaybetmesi bana bir müşteriye mal olacaktı.

"İhtimal var yani."

"Hank Marvin gitara otuzundan sonra başlamış mesela."

"Hadi ya! Hank Marvin kim?"

"The Shadows'un gitaristi."

"Ya..." dedi, düşünceli düşünceli. Başını kenarları hasırlı kanepeye dikmiş, aşırı dalgın gözlerle bakıyordu. Aniden boyut değiştirmiş gibiydi. Bir şey kullanıyor muydu acaba?

"Sende ot bulunur mu?"

"Nasıl?"

"Ot. Üfürük. Püf püf. Ya da şimdi ne diyorlarsa. Var mı evde?"

"Var..." dedi, tereddütle. "Olması lazım. Yani herhalde kalmıştır."

"Ne dersin?"

"Vay..." dedi, bu sefer sırıtarak. "Sen takılır mıydın?"

"Sen ne diyorsun!"

"Bekle..."

Uzun bacakları üzerinde yaylanarak kalktı, koşar adım geçtiği koridorun ucunda gözden kayboldu. Sonra da elinde ikimize bir içimlik yetecek malzemeyle geri döndü. Onu hiç bu kadar mutlu görmemiştim.

Yarım saat sonra neşemizden geçilmiyordu. Güya birtakım egzersizler yapıyorduk, ama ne o bir şey anlıyordu çaldığından ne de ben. Sonra iyice cıvıyıp bıraktık gitarı. Uzandı, en az gitar pedalı kadar pahalıya benzeyen sete bir CD koydu. Robert Plant aniden "Ship of Fools"u söylemeye başladı.

"Hocam be" dedi, içini bir daha dumanlayıp. "Şu Marsilya'daki plak şirketi işini düşündün mü?"

"Siktir et şimdi Marsilya'yı" dedim, "Ben sana başka şey soracağım."

"Sor."

"Bu evin kirasını kim veriyor Allah aşkına?"

"Annem" dedi, etraftaki eşyaları gösterip. "Belli olmuyor mu?"

"Sen bir işte çalışıyor musun peki?"

"Hayır."

"Hiç çalıştın mı?"

"Hatırladığım kadarıyla hayır" dedi gülerek.

"Annen nerede peki şimdi?"

"Bozcaada'da."

"Ne yapıyor peki orada?"

"Üzüm bağı satın aldı deli."

"Bu ara böyle bir moda mı var?"

"Bilmem" dedi, dumanlı bir kahkahayla. "Niye soruyorsun?"

31

O gün Veli'nin aşk hayatı hakkında gayet güzel aydınlandım. Mahalleden arkadaşı olan ünlü bir tiyatrocuya âşıktı. Gitar çalmayı da meşhur olup kadına yeniden ulaşabilmek için öğreniyordu. Tanıdığım insanların çoğu gitara bu tip bir nedenle başlamıştır zaten.

Dışarıda beni yine rüzgâr karşıladı. Biraz daha yumuşamıştı sanki, artık ısırmıyordu. Kafam hâlâ bulutluydu. Biraz hava alsam iyi gelir diye düşündüm. Vali Konağı Caddesi'ne çıkıp Harbiye'ye doğru yürüdüm.

Dame de Sion'u, İstanbul Radyosu'nu geçtim. Caddedeki akşamüstü trafiğini perdede oynayan bir film gibi seyrediyordum. Divan Oteli'nin önünde iki araba ıslak zemin yüzünden birbirine girmişti. Adamlar inmiş sessiz sessiz bakışıyordu. Birden bana komik geldi bu. Gidip yanlarında dikildim.

"Kazayı gördünüz mü?" dedi, kel kafalı olanı.

"Gördüm" dedim.

"Yol benim değil miydi?"

"Sen önce frene basmasını öğren!" dedi öteki. Onun arabası daha güzeldi. Ön taraf boydan boya ezilmişti ama.

"Şahitlik yapacak mısınız?" dedi polis. Ben yaşta bir adamdı. Üstelik kibardı. İçimden ona yardımcı olmak geldi birden. "Yaparım tabiî."

Telefon numaramı ve adresimi istediler, verdim. Sonra üçüyle de selamlaşıp devam ettim yoluma.

Şimdi kendimi daha da iyi hissediyordum. Sola dönüp Taksim Parkı'na girdim. Her taraftan çimen ve toprak kokusu yükseliyordu. Fıskiyesi çalışmayan havuzun etrafından dolanıp merdivenlere doğru yürüdüm. Tam o sırada arkamda bir çatırtı duydum. Döndüğümde, bir boyacı çocuk kenardaki masalardan birine kapaklanmıştı. Sonra üzerine boya sandığı da uçtu. Çocuk zamanında yana çekilince da sıyırıp geçti onu.

"Senin ağzına sıçarım, puşt!"

Küfrettiği, parktaki tinerci oğlanlardan biriydi. Oğlan boyacının üzerine atladı. Yerde yuvarlanmaya başladılar. Avaz avaz bağrışıyorlardı.

Ben bir şey yapmam gerekip gerekmediğini düşünürken, parkın iki ucundan on beş-yirmi çocuk olay yerine doğru koşmaya başladı. Divan Oteli tarafından koşanların hepsinin sırtında boya sandığı, Taksim yönünden gelenlerin de ellerinde tiner şişesi vardı. İki çocuğun boğuştuğu noktaya varamadan karşılaştılar. Küfürleşmeye başladılar. Sayıca denk olduklarından, kavgaya tutuşmakta tereddüt ediyorlardı.

Hiçbiri on beş yaşından büyük değildi. Park günün bu saatinde nedense tenhaydı. Uzakta iki kadın gördüm, ama onlar da hızlı hızlı yürüyüp gözden kayboldular. Sonra o kafayla çocuklardan birini Ezgi'ye benzettim. Ezgi birkaç yıl önce ve erkek doğmuş olsa böyle bir şey olurdu herhalde. Koşup aralarına girdim.

"Yapmayın" dedim, "Ayıp oluyor!"
"Sana ne be?" dediler.
"Bana bir şey olduğu yok. Olan size olacak."
"Bizim derdimiz seni mi gerdi?"

Tam o sırada, bazılarının avucunda parlayan çakıları gördüm. Görmemiş gibi yapmam gerektiğini düşündüm. Bu, zamanında Langa'da öğrendiğimiz bir taktikti. Korktuğunuzu anlayınca daha çok sinirlenir karşı taraf.

"Burada girişeceksiniz, sonra polis gelecek. Sizi toplayıp karakolda ağzınıza sıçacak. Hem az ileride trafikçiler var. Patırtıyı duyunca anında damlarlar buraya."
"Trafikçiler bize koymaz" dedi biri.
"Ya haber verirlerse?" dedim.
"Sen siktirip gitsene buradan."
"Gitmiyorum" dedim. O an olayı yirmi metre yukarıdan izliyordum sanki. Ortada ben duruyordum. Çocuklar hilal biçiminde etrafımı sarmıştı. Heveslerini kursaklarında bırakmıştım. Nefret ediyorlardı benden.

"İsterseniz beni de dövün. Hadi bakalım. Başınız iyice belaya girer."

Ses çıkarmadan birbirlerine baktılar. Sapık olduğumu düşünüyorlardı herhalde. Sonra çakıların tek tek ceplere konduğunu gördüm.

"Sizin ananızı sikeriz!" dedi, bir taraf ötekine.

"Bi bok yapamazsınız!" dedi, ötekiler.

Sonra müzikal dansçıları gibi geri geri yürüyerek, ağır çekimde uzaklaştılar birbirlerinden. İki grup da gözden kaybolana kadar bekledim. Sonra bir banka oturup derin derin nefes aldım. Hava iyice kararmıştı. Canım bir şey içmek istiyordu.

32

"Haline bak!" dedi Ayşe.

"Pasaja uğradım."

"Ama abartmaya başladın sen."

"Sinan'ın yeri kapanmış, biliyor muydun? Koca pasajda ayaküstü içilecek yer kalmamış."

"Gözünü seveyim dağıtma" dedi, yüzüme üzgün üzgün bakıp. "Şimdi bir de senle uğraşmayalım."

Neden bilmiyorum, bu söz dokundu bana. Zaten boşandıktan sonra pis bir duygusallık basmıştı içimi. Bir senedir vara yoğa hisleniyordum.

"Dağıttığım falan yok" dedim, "Çocuk muyum iki birayla kafayı bulayım?"

"Kahve yapayım bari."

"Boş ver."

"Şeker koyayım mı?"

"Koyma."

"Ev serin. İçeriden battaniye al."

"Üşümüyorum. Birazdan kalkarım zaten."

O mutfağa gittiğinde kanepe çok çekici göründü. Ayakkabılarımı çıkarıp uzandım. Veli bana nasıl bir zıkkım içirdiyse artık, beynim pelte gibiydi hâlâ. Düşüncelerim benden izin almadan oradan oraya zıplıyordu. Tavandan, üst kattaki Kâmuran Hanım'ın ayak sesleri geliyordu. Onu eski plakların durduğu odasındaki pencereye kadar gözlerimle takip ettim. Perdelerini kapattığını duydum. Sonra da annemi düşünürken buldum kendimi.

Boğazda bir sis vardı. Kardeşimle ben onun iki elinden tutmuş, vapur iskelesinde bekliyorduk. Bayramdı galiba. Annem ağlıyordu.

"Uyumadan iç şu kahveyi. Mideni tutsun."
"Midemde bir durum yok."

Ayşe iskemlelerden birini baş ucuma çekti, fincanı üzerine koydu. Kendisi de masanın yan tarafındaki iskemleye oturdu, bacak bacak üstüne attı. Yeşil çanağın içinde kibrit aramaya başladı. Güzeldi bacakları.

"Bu hafta Bozcaada'ya gideceğim" dedi, sigarasını yakarken.
"Bir işe yarar mı sence?"
"Hiçbir şey yapmamaktan iyidir."

Doğrulmaya çalıştım, beceremedim. Başım o kadar ağırlaşmıştı ki engelliyordu beni.

"Bugün ders verdiğim çocuğun annesi de Bozcaada'daymış."
"Ve?"
"Bilmiyorum. Belki bir yardımı dokunur diye düşündüm."
"Ne yapıyormuş orada?"
"Orhan'ın yaptığını. Bu bağ işinde herhalde para var."
"Gerçek şu ki..." dedi, eteğine düşen külleri silkeleyerek. "Orada Orhan'la karşılaşsam ne yapacağımı bilmiyorum aslında. Yani ona ne derim, o bana ne der, denecek bir şey kaldı mı artık, inan hiçbir fikrim yok."

Birden başım biraz daha ağırlaştı. O ise külleri silkeliyordu hâlâ eteğinden. Uzun parmakları, odanın loşluğu içinde alçalıp yükseliyordu. Küller havada uçuştukça elleri daha da hızlanıyordu. O kadar uyumluydu ki hareketleri, görünmez bir orkestrayı yönettiğini sanırdınız. Bileklerinin çizdiği en küçük bir kavis kulaklarıma yüzlerce üflemelinin sesini getiriyordu. Sağ eli her yükseldiğinde içimde yaylılar kımıldıyordu. Kalbim kendini onun parmaklarının ritmine göre ayarlamıştı çoktan.

"Seni seviyorum" dedim.
"Biliyorum" dedi.
"O zaman neden mutlu olmayalım?"
"Becerebilir miyiz sence?"
"Herkes nasıl beceriyor?"
"Belki de denemek gerek. Buna bir şans vermek gerek."
"Kesinlikle."

Oda kararmış, bütün ışık onun yüzünün etrafında toplanmıştı. Başını hafifçe öne eğmiş, bir ayaklarının ucuna bir de bana bakıyordu. Üzerinde pembe bir sabahlık vardı. Bu da onu korunmaya muhtaç bir çocuk gibi gösteriyordu. Onu korumaya hazırdım. Onun için trafik kazalarında şahit yazılmaya, sokakta çocuklarla dalaşmaya hazırdım.

"Seni hayatım boyunca sevecekmişim gibi geliyor bana."
"Evine gitme artık, burada kal."

Hissettiğim ağırlık yüzünden silkindim. Uyandığımı anladım. Ayşe üstüme yorgan örtmüştü. Onun serin kokusu vardı yorganda. Baktım, baş ucuma koyduğu sandalyeyi tekrar yerine götürüyordu.

"Kahveyi de boşu boşuna yaptırdın bana."

Odadaki ışık eski halini almıştı. Birden huzursuz hissettim

kendimi. Az önceki konuşmayı sahiden yapıp yapmadığımızı bile çıkaramadım.

"Biz demin ne konuşuyorduk?"

"Orhan Bey'in üzüm işine girecek parayı nereden bulduğunu."

Bunu hiç düşünmemiştim işte. "Belki sadece kiralamıştır" dedim.

"Ben o Bozcaada lafını ilk duyduğumdan beri bunu düşünüyorum. Benim bildiğim, tek kuruş birikmiş parası olmadığı. Eğer benden gizli para istiflediyse işin rengi biraz değişiyor. O kadar para biriktirmek üç günde olacak bir şey değil. Hele o işsiz haliyle. Eğer bunu yaptıysa, uzun zamandır bu işi planlamış demektir. Benden kurtulmayı kafaya zaten koymuş demektir. Sence de öyle değil mi?"

Söyledikleri bana çok mantıklı geliyordu. "Bilmem..." dedim, "Bilemiyorum."

"Neyse" dedi, sigarasını küllüğe bastırıp. "Erken kalkacak mısın?"

"Evet."

"İşin mi var?"

"Anneme gitmeyi düşünüyorum."

Kanepenin kenarına oturdu. Yavaş yavaş saçımı okşadı. "Ne hayırlı evlatsın sen."

33

Öğleye doğru, mezarlıktaydım. Yağmur çiseliyordu. Yapraklar toprağın üzerinde birbirlerine yapışıp ıslak bir halı olmuşlardı. Mezarlığı ikiye bölen ve üzeri boydan boya bir çeşit yosunla kaplı duvarı geçerken etrafıma baktım. Yirmi beş yıldır geldiğim mezarlıkta hâlâ yolumu kaybetmekten korkuyordum işte.

Burada hissettiğim ölüm duygusu değildi. Herhalde o kadar

mezar arasında sıradan bir şey haline geliverdiğinden, benim gözümde bütün havasını kaybediyordu ölüm. Daha çok ıslaklık, yalnızlık ve nereden çıktığını bilmediğim bir bencillik hissiyle doluyordum. Bu benim üzüntülerimi uyuşturan bir histi.

Galiba insan kendi bencilliğiyle en çok bir mezarı ziyaret ettiğinde yüz yüze geliyor. Annem artık toprağın altında durduğu için üzülüyordum. Ama annemsiz olmak daha çok yakıyordu canımı.

Mezarlıkta çok az ziyaretçi vardı. İçinde çocukların da olduğu küçük bir grup, duvar hizasındaki güzel bir kabrin etrafında toplanmışlardı. Genç bir müezzinin okuduğu duayı dinliyorlardı. Erkekler, rüzgârda çırpınan şemsiyelerini kadınların üzerine tutmuştu.

Çiçekleri anneme bıraktım. Babama da iki karanfil seçtim. Bu da zaten annemden kalma bir şeydi. Buraya yıllarca beraber gelmiştik. Çiçekleri o zaman da mermerin hemen altına bırakıyorduk. Babamın mermerin üzerindeki resmi, hep lüzumundan fazla ciddi gelirdi bana.

Sonra annemin bana mezar taşının üzerinden gülümseyen resmine baktım. Onun hayattayken böyle gülümsediğini hiç görmemiştim. Kırklarında görünüyordu. Ne genç, ne yaşlı.

Mezarın başında üşürken mırıldandığımı fark ettim. O serseri melodi yine gelip bulmuştu beni. Üstelik bu sefer ne tarafa doğru gideceğini bilir gibi bir hali vardı. İlk bölümün sonunda garip ve hoş bir kayma yapıp yeni bir kısma geçiyordu. Ben mırıldandıkça ağzımdan koyu bir buhar çıkıyordu. Babam kaşlarını çatmış, mezarlığın az ilerisindeki otoparka bakıyordu.

Beni gitar çalarken hiç görmemişti. Çok bayılmazmış gibi geliyordu bana. Gerçi zamanla herkesin kulağını okşayacak kadar pişmiştim piyasada. Belki bir akşam annemle ikisine "Geçti Sevdalarla Ömrüm"ü çalar, onun da gönlünü yapardım.

Melodi, ağzımdan çıkan buharla beraber havaya dağılarak bir nakarata doğru ilerliyordu. Bense kızıyordum ona. Kimin şarkısını arakladığımı hâlâ bulamamıştım çünkü. Büyük kabrin etrafındaki kalabalığın yavaş yavaş dağıldığını gördüm. Çocuklar annelerinin elinden kurtulup yamaç yukarı koşmaya başladı. Grubun en sonunda yürüyen iki adam el kol hareketleri yaparak bir şey tartışıyordu. Arkadan bakınca kadınların üçü de birbirine benziyordu. Hepsi o kadar içindeydi ki hayatın, kabirde yatanın zaten uzun zamandır orada olduğunu anlıyordu insan.

Mırıldanırken bir taraftan da eğilip annemin üzerindeki otları ayıklamaya çalıştım. Onun ayak ucundan iki sarı çimen kopardıktan sonra yine bir tuhaf hissetim kendimi. Bunun yapılması gereken bir şey olduğunu biliyordum, ama annemin bir yerinden bir şey koparmak düşüncesi sinirimi bozuyordu işte.

O güne kadar, hayatımda tek bir beste yapmamıştım. Beste yapmak, sıfırdan bir şey yaratmaktı. Yaratmak, vücudun kimyasını bozan bir şeydi. Ekmek peşinde koşarken pek işine yaramazdı insanın.

34

Geceyarısına doğru çamaşırları makineye tıkıştırmaya çalışırken telefon çaldı. Külüstürün kapağını güç bela kapatıp büyük odaya koştum. Ahizeyi telaşla kaldırdım, kablonun dolandığı tornavida kutusu gürültüyle yere indi.

"Efendim?" dedim, biraz huysuz bir sesle. O sırada bir elimle de kutuyu toplamaya çalışıyordum ve aşağı eğildikçe ahizenin yanağımdan kayması sinir ediyordu beni.

"Merhaba Memet, nasılsın?"
"Orhan?"

"Zamansız mı aradım?"

Kutuyu kaldırıp masanın üzerine fırlattım. "Orhan, sen misin?"

"Duyamıyorsan bir daha arayayım."

"Neredesin?"

"Şu an Beşiktaş İskelesi'nde."

"Ne yapıyorsun orada?"

Güldü. "Şimdilik telefonla konuşuyorum. Biraz zamanın var mı?"

"Gelmek ister misin?"

"Olmaz. Ayşe duyarsa heyecanlanır şimdi. Zamanın var mıydı?"

Yarım saat sonra iskeleye vardığımda, onu banka oturmuş polislerle sohbet ederken buldum. İkisi de genç adamlardı. Orhan onlara ne anlattıysa artık, katıla katıla gülüyorlardı.

"Müsaadenizle çocuklar" dedi, beni görünce. "İşte geldi arkadaşım."

"Kimliğiniz yanınızda mı?" dedi, polislerin daha esmer olanı.

Elimi cüzdanıma attım, öteki memur kolumu tutup engel oldu.

"Tamam" dedi, "Yanındaysa mesele yok. "İyi geceler Orhan Bey. Allah analı babalı büyütsün."

"İyi geceler" dedi Orhan. "Size de bu saatte kolaylık versin."

Üzerinde lacivert kabanı vardı. Sokak lambasının ışığında, daha yarım saat önce tıraş olmuş gibi parlıyordu yüzü. Pantolonu ütülü, ayakkabıları boyalıydı. Gülümsemesini bozmadan yüzüme baktı. Eliyle bankın köşesini işaret ediyordu.

"Ne anlatıyordun onlara?"

"Sorma..." dedi, gülerek. "Burada dikildiğimi görünce şüphelendiler tabiî. Ben de mecburen bir şeyler uydurdum. Güya karım hastanede doğum yapıyormuş da ben de dayanamayıp hava almaya çıkmışım. Bakma ciddi durduklarına, daha çocuk bunlar. Dünyadan haberleri yok."

"İyi görünüyorsun" dedim.

"İyiyim çok şükür" dedi.

"Ayşe öyle değil ama."

"Bana kızgınsın, değil mi?"

"Beni bırak. Kızcağız aklını oynatacak. Gece gündüz senden haber bekliyor."

"Hasta değil ya?"

"Şimdilik değil. Niye aradın beni?"

"Bu akşam Cumhuriyet'e uğradım. Aliler beni sorduğunuzu söyledi. Düşündüm ki en azından seni biraz durumdan haberdar etsem fena olmaz."

"Durumdan haberdar olması gereken ben değilim."

"Haklısın. Ama içinde bulunduğum durumu Ayşe'ye aynı açıklıkta anlatabileceğimden pek emin değilim."

Konuşması, her zamanki Orhan'a biraz benzemeye başlamıştı. Bunu fark edince biraz rahatlar gibi oldum. Rahatlayınca da ona sinirlenecek enerjiyi bulabildim içimde.

"Bak kardeşim" dedim, gözlerimi onunkilere dikip. "Senin bir karın var. Bu kıza bunu yapmaya hakkın yok."

"Yapacağım şey sonunda onu da mutlu edecek ama."

"Valla şimdi evine gitsen daha mutlu olur."

"Gidemem."

"Niye?"

"İşin içinde bir kadın var."

İskeleden sahil yoluna doğru uzanan rıhtımın derinliklerinde bir çocuk belirdi. Elinde paçavraya sarılmış bir şişe vardı. Sigara istedi, çıkarıp paketi uzattım. Çocuk iskeleye doğru uzaklaşırken Orhan seslendi arkasından.

"O tarafa gitme aslan, devriye var."

Çocuk bir iki adım daha attıktan sonra durdu, mekanik hareketlerle geri dönüp yeniden geçti önümüzden. Rıhtım karanlığında gözden kayboldu.

"Yoksa bunu tutup bütün gece ıslatırlar" dedi Orhan. "Yazık."

"Ne kadını bu?"

"Zengin bir kadın" dedi, ağır ağır konuşarak. "Geçkin bir kadın. Kocası tarafından ha bire aldatılan bir kadın. Mutsuz bir kadın."

"Nerede tanıştın peki?"

"Dershanedeki çocuklardan birinin annesi. Zavallı aylarca kur yapmaya çalıştı durdu bana. Hatta bir bahane yaratıp telefonunu bile verdiydi. İşsizlik canıma tak edince düşündüm ki belki bundan faydalanabilirim."

"Nasıl?"

"Kadının Bozcaada'da gayrimenkulleri var. Zamanında kocası almış. Bağ evleri, bahçeler falan. Bir iki tanesini üzerime yapacak. Sonra zaman içinde bir bahaneyle hır çıkarıp ayrılacağım kadından. Artık o bağları işletir miyiz satar mıyız, Ayşe Hanım düşünsün. Tabiî hikâyenin iki mühim noktası var. Birincisi, onun karımla ayrıldığımıza inanması lazım. İkincisi, kadının kocasının vaziyete uyanmaması lazım. Çünkü nasıl derler, adam dallama biraz. Durduk yerde bela çıkarabilir."

Paketini çıkarıp tuttu, birer sigara yaktık. Soğuk biraz daha artmıştı sanki. Gökyüzünde tek yıldız yoktu. Çaresiz martılar suyun üzerinde alçalıp yükseliyordu.

"Orhan" dedim, "Bu, dünyadaki en dangalak plan."

"Nasıl yani?"

"Hatta dangalak bile değil. Çocukça. O bağları sana yâr ederler mi sanıyorsun?"

"Etmezler mi?"

"Etmezler Orhancım. Böyle kadınlar ne kadar geçkin ve mutsuz olurlarsa olsunlar sonunda o dallama kocalarına dönerler yine."

"Herif onu aldatıyor ama."

"Sorun değil, halledilir."

"Öyle mi dersin?"

"Öyle derim."

Yüzüne bakmak istemiyordum. İnsan böyle durumlarda biri yüzüne bakarsa huzursuz olur çünkü. Yine de bir gözüm ondaydı. Omuzları şimdi çöküvermişti. Ayağını sinirli sinirli sallıyordu. Orhan'ı sevdiğimi hissettim birden. Ne olursa olsun, bu dünyanın onun asla anlayamayacağı bir matematiği daha vardı.

"Hayatım eşek gibi çalışmakla geçti" dedi sonra, izmariti denize sallayıp. "Sonunda bu boktan kriz çıktı ve şutladılar beni. O puşt müdür beni odasına çağırdığı gün benim doğum günümdü, biliyor musun?"

"Bilmiyordum."

"İşsizken hep düşündüm. Madem bu iş çalışarak olmuyor, başka yolları olmalı dedim. Çünkü dünyada birtakım adamlar var ve birtakım numaraları gayet güzel beceriyor onlar."

"Ama sen o adamlardan değilsin ki."

"O zaman aklıma Belma'nın telefon numarası geldi. Dedim ki altı ay kadının gönlünü yaparım, sonra biraz ferahlar elimiz."

"Beraber Cumhuriyet'e gittiğin adam kim peki?"

"Avukatı."

"Hikâyeyi biliyor mu?"

"Kafaladım onu. Şimdi kendini matematikçi sanıyor."

35

Barbaros Bulvarı'na kadar yürüdük. Yanımızdan ertesi günkü maç için şimdiden stadyuma giden çocuklar geçti. Meydana bakan binalardan birinin ön cephesini kaplayan reklam panosu ışıklarını yakıp söndürüyordu. İnsanın gözünü yoruyordu onu seyretmek.

"İstersen gel bende kal."

"Olmaz" dedi, "Devam etmem lazım."

"Nasıl hissediyorsun?"

"Kötü."

"Ayşe hafta sonu Bozcaada'ya gitmek istiyor. Engelleyemem herhalde. Orada olacak mısın?"

"Şu durumda olmasam daha iyi olur değil mi?"

"Bilemiyorum."

"Bu işler pek bana göre değil" dedi, sıkıntıyla. "Aynı anda iki kadın falan. Yüzüme gözüme bulaştırmam inşallah."

"İnşallah" dedim. Ne umut edeceğimi ben de şaşırmıştım aslında.

Dudaklarında gülümsemeyi andıran bir şey belirdi. Gözlerinde bunu doğrulayan bir ifade yoktu ama. Bir şey söylemek istedim, aklıma hiçbir şey gelmedi. Uzattım kollarımı, o da uzattı, sarıldık.

"Bir şey olursa haber ver bari."

"Sana hıyarca geliyor, biliyorum" dedi, "Ama inan ki olmayacak şey değil. O kadar da imkânsız değil yani."

"Ayşe'ye bir şey diyeyim mi?"

"Deme."

Döndüğümde bire geliyordu. Üst kat penceresinde zayıf bir ışık vardı. Orhan'ın geçen yaz aldığı tüylü lambanın ışığı. Ayşe yalnız kaldığından beri yatarken lambayı açık bırakıyordu.

Sigarayı küllüğü falan ayarlayıp salondaki koltuğa tam oturmuştum, kapı çaldı. Kapının çalınmasını istemiyordum. Ayşe'nin gelmesini istemiyordum. Yalanlar uyduracak halim yoktu hiç.

Eşikte kedi yavrusu gibi duruyordu. "Girebilir miyim?"

"Hayrola?" dedim, "Uykun mu kaçtı?"

"Beş dakika oturur giderim. Merak etme."

Teybe Ortaçgil'in en eski kasetini koydum. Adamın sesi bu saatte iyi geliyordu. Ayşe dirsekleri yamalı kahverengi hırkasını giymişti. Uzun bir uykudan yeni uyanmış da gerçek hayata dönmekte zorlanıyor gibiydi. Sırtını sedirdeki minderlere gömdü, gözlerini tavana çevirdi. Ben de halıya dağılmış tornavida kutusunu yerleştirmeye koyuldum.

"Yaptıklarım sana mantıklı geliyor mu?"
"Kusura bakma, anlayamadım."
"Asıl sen kusura bakma" dedi, sedirde doğrularak. İki eliyle alnını sıvazladı, derin bir nefes aldı. "Bazen çekilmez oluyorum."
"İyi misin?"
"Bilmiyorum ki... Camdan gördüm seni. Gece vakti nereden dönüyordun?"
"Yürüyüşe çıktım" dedim. Her ihtimale karşı hazırlamıştım bunu. "Birden midem kazındı. Bir şeyler yiyeyim dedim."
"Bana niye seslenmedin?"
"Uyanma diye."
"Çok incesiniz."
"Öyleyimdir."

Bacaklarını toplayıp divana uzattı. Vücuduna göre küçük, çocuksu ayakları vardı. Tırnakları kısacık ve ojesiz olurdu hep.

"Galiba sen haklısın" dedi, "Burada kendimi kandırıyorum. Olanları görmekten kaçıyorum. Görürsem dayanabileceğimden emin değilim, onun için yapıyorum herhalde. Terk edilmek çok kötü."
"Sen terk edilmedin ki ama."
"Aslında Orhan'a da kızmamak lazım. Şimdi hatırlıyorum da, yaptığı bir sürü şey gözümde bir mana kazanıyor. Garibim o kadar zaman anlatmaya çalışmış bana derdini. Aşkımızın bittiğini bana göstermeye çalışmış. Açık açık söyleyemediğinden anlayamamışım."
"Orhan seni seviyor bence."
"Nasıl bu kadar eminsin?"

Güzel bir soruydu. "Erkeklerin de kendilerine göre sezgileri vardır" dedim, lafı nereye götüreceğimi bilemeden, "Biz de birbirimizin ne hissettiğini tahmin edebiliriz. Sana nasıl baktığını benim gözlerimle görseydin, sen de anlardın."
"Memetçim, teşekkür ederim."

"Niye?"
"Beni avutmaya çalışıyorsun."
"Çalışmıyorum."
"Çalışıyorsun" dedi, aynı anda hem burnunu çekip hem de gülerek. "Kendimi iyi hissedeyim diye kafadan atıyorsun. Bunları şimdi uydurduğun o kadar belli ki."

Kızardığımı hissettim. "Bir şey uydurduğum yok benim."
"Ben galiba ağlayacağım."

Dirseğini arkasındaki mindere, elini de alnına yaslayıp hıçkırmaya başladı. Güzel, sessiz bir ağlayışı vardı. Yüzündeki acı ifadesi çok daha büyüktü oysa. Başkası olsa o ifadeyle çığlıklar atar.

Elimi omzuna koydum. Aniden eğilip başını göğsüme yasladı. Kısa saçlarının açıkta bıraktığı ensesini önümde buldum. Eğilip saçlarından öptüm onu. Başını göğsüme biraz daha bastırdı. Gözyaşlarının gömleğimi ıslattığını hissediyordum. Küt küt atıyordu kalbim.

"Sen olmasaydın..." dedi.
"Bir çaresine bakardın" dedim.
"Yapamazdım. Burada olman o kadar önemli ki."
"Kahve yapayım mı sana?"
"Yapma. Biraz sarıl ama."

Deminden beri boşlukta ne yapacağını bilemeyen kollarım onu sarıverdi. Her şey dehşet verici bir doğallık içinde gelişiyordu.

"Memet" dedi, fısıltıyla. "Burada kalayım mı?"
"Kalma..." dedim, kokusunu içime çekip.

36

Yatağa girdiğimde çok yalnız hissettim kendimi. Üstelik sıcak ve yapışkan bir şey kasıklarıma doğru iniyordu. Mahallede, okulda ya da askerde o şeyi tarif edecek bir sürü kelime öğrenmiştim.

Özetle, her normal insan gibi kadına ihtiyacım vardı.

Ayşe hakkındaki düşüncelerim de bu yüzden karışıyordu işte. Belki de onu bu kadar lezzetli gösteren benim açlığımdı. Beni ona doğru iten şey içimdeki hayvandı sadece. Duygu falan yoktu yani.

Zaten konu duygular bile olsa durum değişmiyordu. Duyguya da açtım çünkü. Ama ne zaman bir kadına yaklaşsam terk edilmiş olmanın verdiği bir eziklik duyuyordum. Kadınlar anlıyordu bunu ve galiba hoşlanmıyorlardı. İşten çıkarılmış biriyle iş görüşmesi yapar gibi bakıyorlardı bana.

Sonra mecburen yolumu değiştirdim. Değerli duygular aramaktan vazgeçtim. Seks iki taraflı bir ihtiyaç olduğuna göre, benimle aynı şeyleri arayan kadınlar da olmalıydı.

Bu sefer de beceriksizliğimin kurbanı oldum. Onca yıllık evlilik insanın performansını mahvediyordu. Kadınlara nasıl yaklaşacağımı bilmiyordum. Onlara ne söylemem gerektiğini bilmiyordum. Yatağa girmeden önce oynanması gereken oyunun kurallarından tamamen habersizdim. İnsanlar bu oyunları oynarken ben hep sahnede gitar çalmıştım çünkü.

o

Ben de otuz bir çekiyordum. Ne yalan söyleyeyim, çok da zevk alıyordum. Yıllar önce kaybettiğim bir oyuncağı bulmuş gibiydim. Hayalim zincirden boşanmış gibi fantezi üretiyordu.

Otuz bir çekmenin bence tek zararı, yalnızlığı zevkli bir şey haline getirmesi. Hele buna teşne bir kişiliği de varsa, hayatı boyunca el yordamıyla idare edebileceğini düşünüyor insan.

Nazlı'yla niye ayrıldığımızı sorduklarında, verecek cevap bulamıyordum. Gerçi "şiddetli geçimsizlik" nedeniyle boşanmıştık, ama şiddet falan yoktu ortada. Birbirimize el kaldırmamıştık. Tabaklar havada uçuşmamıştı. Ezgi'nin yıllar sonra acıyla hatırlayacağı kavgalarımız olmamıştı. Sanki nikâh memurumuz her şeyi on dört yıl sürecek şekilde ayarlamıştı. Kronometre geriye sayarken biz de eriyivermiştik.

Cemil olmasa ne olurdu diye çok düşündüm. Zaten belli bir neden olmayınca insan daha kötü hissediyor. Geçmişi didikleyip her şeyi aydınlatacak bir kıymık arıyorsunuz. Nazlı'nın ayrılığımızı çevresine nasıl açıkladığını da bilmiyordum. Son bir iki yıl birbirimize karşı o kadar uygar, o kadar kibardık ki, gören karıkocadan çok tesadüfen karşılaşmış iki yabancı sanabilirdi bizi.

Belki de kafam basmıyor. Kadın ruhundan anladığımdan pek emin değilim. Belki kaseti geriye sarma şansım olsa aynı esrarengiz hataları yaparım yine. Ne olursa olsun evli bir kadın gönlünü işyerine gelen sigortacıya kaptırabiliyorsa, bunun makul bir nedeni olmalı, değil mi?

"Bak" demiştim Ezgi'ye, "Annen ve ben artık beraber oturmayacağız, tamam mı?"

"Ayrılıyor musunuz?"

"Evet. Bu seni çok üzer mi?"

"Bilmem. Okulda annesi babası ayrı bir sürü çocuk var."

"İyi. Biz de modaya uyduk işte."

"Peki ben ne olacağım?" dememişti. "Oyuncaklarım nerede kalacak?" diye de sormamıştı. Hayatı normal karşılıyordu. Bu yeteneğe doğuştan sahipti benim kızım. Cemil'i de bir şekilde sevmişti. Bu Cemil'in şansıydı. Yoksa sigorta şirketine gider o koca kafasını ikiye bölerdim onun.

İçimde Nazlı'yla bir gün karşılıklı oturup her şeyi konuşacağımıza dair bir inanç vardı hâlâ. Gerçi etrafımda bunu becerebilen birine henüz rastlamamıştım. İnsanlar ayrılır ayrılmaz hızla uzaklaşmaya başlıyorlardı. Özellikle kadınlar kısa zaman içinde bir yabancıya dönüşmeyi başarıyordu. Daha birkaç ay önce uyurken seyrettiğiniz kişinin aynı kadın olduğuna inanamıyordunuz.

Çekmecedeki dergilerden biriyle banyoya gittim. Pantolonumu indirip klozete oturdum. Kalçalarımın üşümesi garip bir şekilde hoşuma gitti. En çok derginin orta sayfasındaki kızı beğeniyordum. Adı "Emma" olmasına rağmen yabancıya benzemiyordu. Sokakta her gün görebileceğiniz tipte bir kızdı. Fırfırlı yatağın üzerinde kıvrılıp bükülen vücudunun sakin bir güzelliği vardı. İşe kırmızı bir gecelik, siyah jartiyerli çoraplar ve sutyenle başlayıp yedi sayfa içinde çırılçıplak kalıyordu. Son resimde sadece ince topuklu ayakkabıları vardı ayağında. Ayakları güzel sayılırdı. Bu da onu iyice seksi yapıyordu. Kızın resimlerine o kadar çok bakmıştım ki, artık mahalleden biriymiş gibi geliyordu bana.

Yatağa döndüğümde kasıklarımdaki sızı yerini kalbimdekine bırakmıştı çoktan. Kızım ve Nazlı için, Ayşe ve kendim için kaygı doluydu kalbim. Annemin öğrettiği gibi kendi dilimde dua etmek istedim, ama daha demin banyoda yaptığım iş yüzünden utanıp vazgeçtim. Gözlerimi kapadım. Halsiz zihnim, Emma'nın hayalini de beraberinde götürerek uykuya yuvarlandı.

37

Stüdyoya vardığımda bu sefer herkes oradaydı. Altan kapıya sırtını dönmüş, davulcuya el kol hareketleri yaparak bir şey anlatıyordu. Elvan Perin hiç beklemediğim bir hızla sarıldı, öptü beni.

"Hoş geldiniz" dedi, "Bizi kırmadınız, teşekkür ederim."

Halinde yaşına uymayan bir sanatçı nezaketi vardı. Genellikle meşhur olup da mütevazı görünmeye çalışan her şarkıcıda az çok oluyor bu. Bu sefer siyah boğazlı bir kazak ve yerlere kadar inen yeşil bir pileli etek giymişti. Gülümseyişi güzeldi yine.

"Vay, sağ açık!" diye bağırdı Altan, durduğu yerden. Her tarafını saran kablolar kıpırdamasına izin vermiyordu. Öteki çocuklarla da kibar kibar selamlaştık.

"Konserdeki şarkıların üzerinden geçiyorduk" dedi Elvan.

"Sakın kırılmasınlar?"

"Efendim?"

"Üzerinden geçiyorsunuz ya hani..." dedim, zemini gösterip. "Kırılmazlar inşallah"

"Ulan, bu espriyi de yaptın ya!" diye bağırdı Altan.

"Ay, ilahi Memet Bey" dedi Elvan, kıkırdayarak.

"Ama gülüyor, değil mi?" dedim başımla kızı gösterip.

"Bu lafa yirmi yıldır ilk gülen sensin" dedi Altan, Elvan'a.

"Ne bileyim. Komik ama."

Ertesi gün Ayşe'yle Bozcaada'ya gidecektik. Sabah Elvan arayıp eski gitaristin orkestradan temelli ayrıldığını söylemişti. Eğer benim için de uygunsa, yola birlikte devam etmek istiyordu. Üstelik tam olarak bu cümlelerle konuşmuştu telefonda. Nasıl reddedebilirdim?

Bir saat boyunca repertuarı baştan sona çaldık. Ellerim açılmıştı artık, hatasız çalıyordum. Elvan yine güzel söylüyordu şarkıları. Üzerimizde iyi orkestralara mahsus bir sessizlik vardı. Şarkı aralarında bile kimse konuşmuyordu.

Ruhumun iyileşmesi için her gün yirmi dört saat çalışmam lazımdı herhalde. İçimdeki her sancı, çaldığım yeni bir ezgiyle çıkıp havaya karışıyordu. Davulcumuz, oryantal şarkıları şık swing'lerle süslemeye devam ediyordu. Piyano bir öne çıkıp bir geriye çekiyordu kendisini. Altan tıpkı gençken yaptığı gibi, bakışlarını duvardaki bir noktaya sabitlemişti çalarken.

Bir saat sonra ara verdik. Klima doğru düzgün çalışmadığı için çok ısınmıştı içerisi, herkes dışarı kaçıştı. Stüdyoda yalnız kalınca amfinin sesini kısıp doğaçtan blues yaptım. Sonra da iki haftadır peşimi bırakmayan o serseri melodiyi çalarken buldum kendimi.

Onu daha önce gitarla hiç çalmamıştım. Nihat Abi'nin Telecaster'ı melodiye öyle bir hava veriyordu ki, boş stüdyonun içinde sahiden değişik bir şeymiş gibi tınlıyordu kerata.

"Ne güzel!" dedi Elvan. "Nedir bu?"

İçerisi biraz havalansın diye açık bıraktığımız kapının eşiğinde duruyordu. Elinde içinden duman çıkan bir plastik çay bardağı vardı.

"Bilmem..." dedim, utana sıkıla. "Öylesine bir şey."
"Sizin mi yani?"
"Bilmiyorum. Şimdilik sahipsiz galiba."
"Rica etsem, bir daha çalar mıydınız?"

Bir daha çaldım. Elvan'dan utandığım için deminki kadar iyi çalamadım ama.

"Bu bir beste" dedi.
"Emin olmayın" dedim, "Bir yerden araklamışımdır belki."
"Hayır" dedi, "Bu bir beste. Mütevazılığın âlemi yok."
"Peki" dedim gülerek. "Öyle olsun."
"Ve ne yapacağız, biliyor musunuz?"
"Ne?"
"Bestenizi kaydedeceğiz."
"Ne zaman?"

"Bugün."
"Yapmayın."
"Yaptım bile. Bir saat erken bitirelim, sonra bakarız."

Dediği gibi oldu. Provanın sonunda çalışmamız gereken klasiklerden ikisini boş verip onun yerine benim ne idüğü belirsiz şarkımla uğraştık. İşin kötüsü, çocuklar da Elvan'a uydu. Bir saate kalmadan melodiyi hale yola koymuştuk bile. Son bir kez de kayıt için çaldık. En iyisi de o oldu. Elvan kaseti çantasına atıp gitti.

"Bence bu karı sana hasta" dedi Altan.

Sahildeki çay bahçesinin kapalısında oturuyorduk. Yağmur gri denizin üzerinde iğne delikleri açıp kapatıyordu. Sayıları azalmış da olsa tekneler vardı yine. Geçen seferki kızları göremiyordum. Onlar yerine köşedeki masada oturan iki balıkçı vardı.

"Nerden çıktı şimdi?"
"Oğlum hatun kırılıp dökülüyor karşında."
"Sağda solda böyle konuş da sevgilisi gelip kıçımdan vursun beni, olur mu?"
"Kıçından vursa yine iyi."
"O kaydettiğimiz şey nasıl geldi sana?"
"Bak konuyu değiştiriyorsun."
"Ciddi soruyorum. Bir şeyi hatırlatmadı mı?"
"Bana artık bütün şarkılar birbirini hatırlatıyor zaten."
"Yani?"
"Valla..." dedi, ellerini ensesinde kenetleyip. "Çalarken ben de aynı şeyi düşündüm. Eğer nereden arakladığını bulsaydım büyük bir zevkle söylerdim, merak etme."
"Eminim yapardın."
"Niye yapardım biliyor musun?"
"Niye?"
"Çünkü şarkın çok güzel."

"Güzel mi?"

"Evet amına koyim, güzel. Hem de çok güzel."

38

Yola çıkmadan bir gün önce Ezgi'yle buluştuk. Çok soğuk bir gündü, ama tepemizdeki gökyüzü her nasılsa maviydi. Güneş, gerçeğinin yerine geçmiş bir dublör gibi, iyi niyetle çırpınıyordu.

Ezgi okuldan yeni dönmüştü. Yakası bir tarafa gitmiş önlüğüyle evin içinde koşturuyordu. "Hadi sallanma" dedi Nazlı ona. "Git üzerini değiş, bekletme babanı."

Nazlı sırf benim için işinden erken dönmüştü. Onu hiç o günkü kadar yorgun görmemiştim. Gerçi görünüşünde bir şey yoktu. Her zamanki gibi güzel giyinmişti, bakımlıydı. Saçlarını iş kadınları gibi ensesinde topuz yapmıştı. Vücudunu saran tayyör, içindekileri vaat ediyordu insana. Bakışlarında benim tanımadığım bir şey vardı ama. Soluk, sıkıntılı bir şey. Adını koymak zor.

"Bugünlerde çok seyahat etmeye başladın sen" dedi, mahsustan kıskanır gibi.

"Kusura bakma" dedim, "Zahmet oluyor sana."

"Boş ver. Ofis nasılsa sakin."

"Cemil nasıl?"

"Nasıl olsun, koşturuyor zavallı."

"Sen?"

"İyiyim" dedi, gözlerini kaçırarak. Sonra dönüp Ezgi'ye bir kez daha seslendi. "Tamam anne" diye cevap verdi Ezgi odasından. "Şimdi bayılıcam valla."

"Nereye bu sefer?"

"Bozcaada. İki günlüğüne."

"Tek başına mı gidiyorsun?"

Bir an cevap veremedim. Ona Ayşe'den bahsedemezdim. Orhan'ın durumunu hiç anlatmamıştım zaten. Yüzünde öyle anlayışlı bir ifade belirdi ki, ne düşündüğünü hemen anladım. Bu da erkeklik gururumu okşadı herhalde, bozuntuya vermedim.

"Pazartesiye dönmüş olurum."
"Sen keyfine bak. Bu pazar biz uğraşırız canavarla."
"Bileziğin nerede?"
"Efendim?"
"Bileziğin..." dedim. Bileğini gösterdim ona. Ben bildim bileli orada anneannesinden kalma altın bilezik olurdu. Çıkardığını daha önce görmemiştim hiç.
"Boş ver" deyip içini çekti. Bir şey daha söyleyecek sandım. Söylemedi. İçine çektiği havayı boşaltırken titriyordu göğsü.

Nazlı'ya onu şirkete bırakmayı teklif ettim. Taksinin ön koltuğuna ben oturdum, kızlar da arkaya yerleştiler. O saatte trafik normal sayılırdı, çalıştığı yere kadar fazla takılmadan gittik. Tek kelime konuşmadık yolda.

"Fazla azıtmayın" dedi, arabadan inerken.
"Sultanahmet'e gidicez" dedi Ezgi.
"Öyle mi yapıcaz?" dedim.
"Evet" dedi, gözlerini kırpıştırıp. "Dikilitaş'ı görmem lazım."
"Niye?"
"Sınıfta herkes görmüş de ondan."

Sonra başımı çevirip arka camda hızla küçülen Nazlı'ya baktım. En zor zamanlarda hepimizden güçlü olmasını bilmiş Nazlı'ya. Küçük dünyamızın "çelik manolya"sı Nazlı'ya. Karşı koymaların, direnmenin, icabında katı olmayı da bilmenin, her şeye rağmen ayakta kalmanın Nazlı'sına... Biz anacaddeye çıkmak için köşeyi dönerken, kül rengi binaların arasında gözden kaybolmuştu bile.

"Siz eşinizin yerine geçin isterseniz" dedi, neden sonra yaşlı şoförümüz.

"Nasıl?"

"Küçük yalnız oturmak istemez belki."

Kızıma baktım, başıyla şoförü onayladı. Arabayı kenara çektik, kalkıp arka koltuğa geçtim. Yolun geri kalanında, şoförün Ezgi yaşındaki torununun maceralarını dinledik.

Tahmin ettiğim gibi, Dikilitaş'tan da, Sultanahmet'ten de beş dakikada sıkıldı. Bir şey yapmış olmak için Yerebatan Sarnıcı'na gidince, tadilat nedeniyle kapalı olduğunu gördük. Yanaklarını şişirip vücudunu iki yana sallamaya başladı. Bunun kötüye işaret olduğunu bilecek kadar tecrübeli bir babaydım artık. Kafayı çalıştırıp günü kurtaracak bir şey bulmam lazımdı. Aklıma gele gele Caferağa Medresesi geldi.

Ezgi medreseyi girer girmez sevdi, ben de rahat bir nefes aldım. Ebru ve ney kursları haline getirilmiş eski medrese odalarıyla çevrili avluyu geçince, öteki uçtaki kahveye ulaşıyordunuz. Belki de kurslara katılmak için gelmiş bir iki genç kadın ve bu mevsimde yolunu şaşırmış Japon turistler vardı. Ezgi gözlerini iri iri açmış, medresenin duvarlarına bakıyordu. Hayatında hiç bu kadar eski bir yer görmemişti.

Nargile için hemen bir iş bölümü yaptık. O fokurdatacaktı, ben de içecektim. Japon turistler çaylarını bitirip kalktılar. Ezgi onlara el salladı. Biraz sonra avlunun derinliklerinden bir ney sesi duyuldu. Ses medresenin duvarlarını okşayarak bize kadar geldi, kızımla oturduğumuz küçük kahveyi doldurdu.

"Ayşe Ablam nasıl?" diye sordu, nargileyi fokurdatırken.

"İyi" dedim, "Özlemiş seni."

"Saçları kısa mı hâlâ?"

"Kısa."

"Ben de öyle kestirmek istiyorum, annem izin vermiyor."

Ben cevap veremeden bir öksürük krizine tutuldu. Öksürmesi kedilerin kavga ederken çıkardığı seslere benziyordu. Duman nefes borusunu yaktığından, gözleri dolmuştu. Garson su yetiştirdi, üstüne başına dökerek içip bitirdiğinde biraz geldi kendine.

"İşte nargile budur" dedim, "Şimdi bir fikrin oldu."
"İğrenç."
"Eski adamlar bunu sabah akşam içermiş."
"Eski adamlar salakmış."
"O zaman sana kola söyleyelim."
"Burada kola var mı?"

Kolasını mutlu mutlu içerken, ben de onu seyrettim. Gün geçtikçe Nazlı'ya biraz daha benziyordu. Gözleri onunkiler gibi çekikleşmeye başlamıştı. Yüzüne bence çok hoş bir hava veren Makedon burnu ve kestaneyle sarı arası saç rengi, benim marifetimdi. Annesinin zekâ belirtisi saydığı geniş ve güzel bir alnı vardı. Bu alın davulculuk oynarken her tarafına bulaştırdığı tükenmez kalemler yüzünden, genellikle mavi lekeli olurdu.

"Cemil Abi iyice sapıttı" dedi, kolasını nargile gibi fokurdatarak.
"Bu ne demek şimdi?"
"Dün onu ağlarken gördüm."
"Ve?"
"Hiç işte. Mutfak masasına oturmuş ağlıyordu. Beni görünce gülmeye çalıştı, ama ben anladım. Anneme sordum bir şey söylemedi."
"Büyükler de bazen ağlar."
"Sen?"
"Ben de."
"Seni hiç ağlarken görmedim ama."
"Şansın yokmuş."

Sonra üç el kız tavlası oynadık. İlk oyunu ben kazandım, sonra da iki kez o kazandı. Rövanş teklif ettim, kabul etmedi. Böylece ona iki bilgisayar oyunu borçlanmış oldum.

"Birini bugün al, öbürünü sonra alırsın" dedi.

"İkisine de param var" dedim.

"Ondan değil. Bana borcun olması hoşuma gidiyor."

Avluya çıktığımızda hava artık kararmıştı. Medresenin duvarları, oymalı demirleri olan bir pencereden yayılan ışıkla parça parça aydınlanıyordu. Aynı pencereden kısık bir ney sesi geliyordu hâlâ. Ezgi'nin elinden tuttum, pencereye yaklaştık. Kahvede gördüğümüz Japon turistlerden biri gözlerini kapamış ney üflüyordu. Etrafında onu dinleyen iki arkadaşı daha vardı. Hiç fena çalmıyordu üstelik.

39

"Hocam ders ne olacak?" dedi Veli, telefonu kapatmadan.

"Pazartesiye dönerim dedim ya."

"Anneme dikkat edin ama."

"Niye?"

"Nasıl desem... Sağ olsun, biraz insan canlısıdır. Kolay kolay bırakmayabilir sizi."

Trakya'ya yolculuk etmek her zaman şaşırtır beni. Haritanın yarattığı bir yanılgı yüzünden gidilecek yer başta yakın görünür insana. Ama bir kez yola çıkınca da, git git bitmez. Bunu bildiğim için, Ayşe'nin dalga geçmesine aldırmayıp bir yol çantası hazırladım. İçine kulaklıklarımı, yeni aldığım birkaç kaseti ve ilaçlarımı koydum.

İkimiz de Bozcaada'ya ilk defa gidiyorduk. Hiçbir işe yaramazsa bile hava değişikliğinin Ayşe'ye iyi geleceğini umuyordum. Organizasyonu o yaptı. Söylediğine göre akşam dokuzu çeyrek geçe otobüse binip sabaha karşı üç civarı Eceabat'ta olacaktık. Rıhtımdaki bir otelde yerimiz ayırtılmıştı. Sabah dokuzda, bizi adaya götürecek vapura binecektik.

Ama her şeyin tıkır tıkır işlemeyeceği yola çıkışımızdan belliydi aslında. Mesela seçtiği otobüs firmasının adını daha önce hiç duymamıştım. Firmanın Beşiktaş'taki küçük ofisinde renkleri yanlış gösteren bir televizyonda magazin programına bakarak bir saate yakın bekledik. Otobüs şehir dışındaki ana terminalde galiba arıza yapmıştı ve zaten ölü mevsimde olduğumuzdan, kimsenin telaşlanmaya niyeti yok gibiydi.

Terslik ihtimali beni gererdi hep. O kadar gerilirdim ki, normalde olmayacak terslikler de gelip beni bulurdu sonunda. Otobüsümüz geriye yatmayan koltuklarla, açamadığım servis sehpalarıyla ve çalışmayan düğmelerle doluydu. On altı-on yedi yaşlarında, haytalık ettiği için babası tarafından okuldan alınmışa benzeyen şişman bir muavinimiz vardı. Kibar davranmak için çok büyük bir güç harcadığı belliydi çocuğun.

Ayşe beni uyandırdığında başımı yasladığım cama bir adam hortumla su sıkıyordu. Aşağı doğru akan damlaların arasından, dinlenme tesisinin ışıklı tabelasını gördüm.

"Herhalde Tekirdağ civarındayız" dedi Ayşe, çayını yudumlarken.

İçimize işleyen Trakya soğuğuna rağmen dışarıda oturuyorduk. Önümüzde camları yıkanan, bagaj kapakları açılıp kapanan ve motorları havalandırılan renk renk otobüslerden bir manzara vardı. Onların arkasında Balkanlar'a kadar uzanan otoban görünüyordu.

"Bu saatte böyle çay bulmak mucize."

Kaşlarını çatarak baktı bardağa. "Öyle mi dersin?"
İyimser olmak istiyordum. "Yolculuğun kendine göre standartları var" dedim, "Evde demlediğin çayla kıyaslarsan olmaz."

İyi niyetle gülümsedi. Başını çevirip bizim otobüsün yanında şakalaşan muavinlere baktı. Sonra, "Hatırlıyor musun?" dedi.
"Hatırlamam mı?" dedim.

Dörtlü yolculuklarımızın en sonuncusunda artık beş kişi olmuştuk. Ezgi sürekli ağlayarak Nazlı'yla aramızda belirmiş o tuhaf şeyi örtüyordu. Ayvalık yolunda durduğumuz bir yerde günlerdir ilk defa yarım saat boyunca hiç ağlamayarak hepimizi şoke etmişti. Sonra gayet doğal bir şekilde, midesinde ne varsa Nazlı'nın beyaz gömleğine çıkarıvermişti. O kadar ani olmuştu ki bu, Orhan'la ikimiz kendimizi tutamayıp gülmüştük. Kızlar bize küsmüşlerdi. Ezgi bu sefer annesiyle beraber doya doya ağlamıştı.

"İkiniz de alçaktınız" dedi Ayşe, çay bardağını bana doğru sallayıp.
"Öyleydik" dedim, öteki üçünü özleyerek.

Eceabat'a sabaha karşı vardık. Denizden esen sert rüzgâr yüzümüze çarptı. Muavinimiz tombul parmağıyla bize otelin yerini gösterdi. Rıhtımın öteki ucuna kadar yürüyecektik.

Gençken çıktığım turneler sayesinde memleketteki kötü otellerin hepsiyle tanıştığımı sanıyordum. First Otel'e vardığımızda ne kadar yanıldığımı anladım hemen. Başka bir şey olsun diye yapılıp sonradan ite kaka otele dönüştürülmüşe benzeyen, ince uzun bir binaydı. Girer girmez karşınızda dar merdivenleri buluyordunuz. İçerisi yanık yağ kokuyordu. Merdivenlerin ortasında, metal bir kapı vardı. Buradan hem lokanta hem de resepsiyon gibi bir şey olan bölmeye geçiliyordu. Ayşe'ye baktım, o da uykulu gözlerle bana baktı. O kadar yorgundu ki şaşıramıyordu bile.

Ben sabahın beşinde burada ne aradığımı düşünürken kapıdan biri girdi. Kırklarında gösteren ve gözleri o saatte bile cin gibi bakan, kısa boylu bir adam. Üzerinde soğuğa rağmen ince, beyaz bir gömlek.

"Ayşe Hanım?"

"Rauf Bey?"

"Hoş geldiniz. Oda hazır."

"Oda mı?"

"Evet" dedi adam, sırayla ikimize de bakıp.

"Ben iki oda ayırtmıştım."

"Öyle mi?"

"Otobüs şirketindeki arkadaşınız söylemiştir herhalde."

"Söylemedi" dedi adam. Sonra gözlerini tavana çevirip bir süre sessiz kaldı. Böyle yaparak yukarıdaki odaları görüyordu sanki.

"Sorun değil... Boş yer var. Ayrı katlarda kalmanızın bir mahsuru olur mu?"

"Olmaz" dedi Ayşe. "Nasılsa kalacağımız iki üç saat."

"Pardon..." dedim adama, "Bozcaada feribotu saat kaçta kalkıyor?"

"Ne Bozcaadası?"

"Gideceğimiz Bozcaada."

"Buradan Bozcaada'ya gidilmez ki. Gökçeada'ya gidilir. Bozcaada'ya gidiyorsanız Eceabat'a niye geldiniz?"

Ağlamak istiyordum. Ayşe gözlerini tavandaki bir noktaya sabitlemiş susuyordu. Adamcağız telaşla, "Ama bilmiyordum ki" dedi, "Otobüs şirketindekiler Gökçeada'ya gittiğinizi söyledi. Ben de ona göre şey ettim."

"Çok iyi etmişsiniz" dedim. Kalbim anlayışla doluydu adama karşı.

Yatakla beraber orta halli bir dolabın güç bela sığdığı, küçücük bir odaydı. Tavandaki floresan lamba her şeyi daha da acıklı gösteriyordu. Banyo nedense odadan bir karış yüksekteydi. Kulağıma lavaboya damlayan musluğun sesi geliyordu.

Sabah dokuzdaki otobüsü yakalayabilirsek Çanakkale'ye geçecektik. Çanakkale'den karayoluyla Ezine'ye, Ezine'den de Geyikli'ye gitmemiz lazımdı. Bozcaada'ya giden feribotlar oradan kalkıyordu çünkü. Uyumak için iki saat.

Zihnim uykuya doğru yuvarlanırken kapının çalındığını duydum. Rüyada mı yoksa gerçek hayatta mı olduğumu anlamak için bekledim. Bir kez daha, bu sefer hızlı hızlı çalındı. Kapıyı açtığımda Ayşe ayılı pijamasıyla karşımda duruyordu.

"Yukarıda iki adam kavga ediyor" dedi fısıltıyla. "İkisi de sarhoş. Çok fena anırıyorlar."

"Gelsene" dedim.

Girip kapıyı kapadı. Odaya baktı. "Sana benimkinden de kötüsünü vermişler" dedi.

"E, dön istersen."

"Olmaz. Herifler sarhoş."

"Ayşecim" dedim, elimi omzuna asker arkadaşımmış gibi koyup, "Organizasyon yeteneğine laf söylemek istemem. Ama şu anda yanlış yerdeyiz, değil mi?"

"Otobüs şirketindeki salak yüzünden."

"Ona telefonda Bozcaada dediğine emin misin?"

"Ne demek emin miyim?"

"Yanlışlıkla Gökçeada demiş olmayasın?

"Ayol bunak mıyım ben?"

"Bazen ben de karıştırıyorum ikisini."

"Saçma sapan konuşma" dedi. Sonra içini çekti, başıyla yatağı gösterdi bana. "Ölüyorum yorgunluktan. Ne tarafta yatacaksın?"

40

Adaya akşamüstüne doğru vardık. İnip bindiğimiz vapur ve otobüsler yüzünden artık başımız dönüyordu. Arabalı vapurun penceresinden gördüğüm Bozcaada güzel bir yerdi. Kasaba benim sandığımdan daha küçüktü. İyice alçalmış olan güneş, sahildeki evlerin ön cephelerini aydınlatıyordu.

Vesile Hanım, adanın öteki tarafındaki bağlık evlerden birinde oturuyordu. Bizi heyecanla karşıladı. Altmışına henüz varmış, gözleri insana yiyecekmiş gibi bakan, sevimli bir kadındı. Kısa kesilmiş saçları sarıya boyanmıştı. Aynı küçük burun onda da olmasa Veli'nin annesi olduğuna inanmazdınız.

"Bizde kasetiniz var..." dedi, çupraları tabaklarımıza koyarken. "Veli vermişti. Yannis Bey'le arada dinliyoruz. Şarkılarınız çok güzel."

Yannis Bey karşımızda oturuyordu. Ellili yaşlarında, al yanaklı bir adamdı. Adadaki kilisenin rahibiydi. İnce çerçeveli bir gözlüğü, ince sakalı, ince yüzü ve ince parmakları vardı.

"Evet" dedi, incecik gülümseyip. "Şimdi yok mu grubunuz?"

"Doğrusunu isterseniz ayrılalı uzun zaman oldu."

"Rock konusunda bilgili sayılmam" dedi, "Ama şarkılarınızda insana dokunan bir şey var. Güzel, içli bir şey... Bence hepimiz kalbimizin derinliklerinde aynı şeye ihtiyaç duyuyoruz. Bir şey kalbimizi yakalasın, yalnızlığımızı gidersin istiyoruz. Sahiden güzel bir şarkı bunu yapabiliyor. Bu arada, şey... kasetinizi Vesile Hanım'dan alıp evdeki teypte kendime çoğalttım. Ama aslında yasak galiba bu."

"Rica ederim" dedim.

"Sizi sıkmıyorumdur inşallah."

"Konuşun lütfen..." dedi Ayşe. "Bunları biz söyleyince inanmıyor."

Hiç o akşamki kadar lezzetli balık yememiştim. Adanın meşhur şarabı, yorgunluğumuzu alıyordu. Vesile Hanım yemekten sonra bize inçir tatlısı getirdi. Allah bilir onu da kendi yapmıştı.

Sıra kahveye geldiğinde radyoyu açtı. Yunanca şarkılar söyleyen bir istasyon buldu. Aynalı dolabından çıkardığı tütsülerden birini tutuşturdu. Odayı baygın bir sandal ağacı kokusu kapladı hemen. Deri kaplı tabakasında ince sigaralar vardı. Birini yakıp karşımıza oturdu.

"Ne kadar kalmayı düşünüyorsunuz?"

"Üç ya da dört gün" dedim.

"Ama olmaz ki. Bu kadar zamanda tadı çıkmaz adanın."

"İnşallah yine geliriz" dedi Ayşe.

"Sahilde çok güzel bir balık lokantası var" dedi, ikimize çapkın çapkın bakıp. "Hem bu mevsimde daha romantik olur."

Onun sohbetine ayak uyduracak enerji o gece hiçbirimizde yoktu. Yannis Bey pencere kenarındaki koltukta uyuyakalmıştı. Arada başını oynatıp cep telefonlarının titreşirken çıkardığına benzeyen bir ses çıkarıyordu. Ayşe'nin yüzüne uykusuzluğun huzurlu ifadesi gelmişti. Vesile Hanım kim bilir ne zamandır biriktirdiği bir iştahla konuşuyordu hâlâ.

"Müzisyenlik çok güzel bir meslek."

"Fena değildir" dedim.

"Enstrüman çalmayı gençken çok istedim. Ortaokuldayken bana tuttukları Macar bir piyano hocası vardı. Böyle kemikli yüzlü, kemikli elli bir kadın. Onu daha ilk gördüğüm an sevmemiştim. Ama iyi aile kızıyız ya, çalacağız tabiî piyano. Sonra inanmazsınız, bu kadın arada oramı buramı ellemeye falan başladı. Ben o yaşta çocuk, düşünün artık! Bir hafta dişimi sıktım, iki hafta sıktım, sonra gittim söyledim anneme! Kadına o gün yol verdiler. Ben de soğudum tabiî. Bugün bile ne zaman piyano görsem içim bir fena olur. Aklıma o kemikli parmaklar gelir."

Yannis Bey koltukta yine titreşerek öbür tarafa döndü. Rahatı yerinde gibiydi. O koltukta uyumaya alışkındı demek ki.

"Sonra lisede mandolini denedim" dedi, sigarasından zarif bir nefes çekip. "Aslında fena gitmiyordu ama tembellik işte, devam etmedim, kaldı. Veli'nin sizinle çalışması çok hoşuma gidiyor bu yüzden. Nasıl, becerebiliyor mu bari?"

"Evet" dedim, "Hiç fena değil."

"Sahi mi?" dedi, hiç beklemediğim kadar sevinerek. "Aslında tahmin etmeliydim! Bizim aile müziğe kabiliyetlidir. Dayılarım Üsküdar Musiki Cemiyeti'ne giderlerdi. Çok güzeldi sesleri. İster misiniz Veli de bir gün meşhur müzisyen olsun? Sizin gibi?"

"Belki" dedim, "Niye olmasın?"

41

Ertesi gün adayı keşfe çıktık. Ayşe'yle aramızda bir sessizlik vardı. Yola çıktığımızdan beri fazla konuşmuyorduk. Rengini belli etmeyen bir sessizlikti bu. Neye yoracağımı bilemiyordum.

Hayatın getirdikleri hepimizi farklı şekillerde etkiliyordu. Aynı tecrübe bazılarımızı canlandırırken bazılarımızı da içine kapanmaya itiyordu. Kişiliklerimiz de bu işe dahildi üstelik. Aynı acılardan yola çıkarak bambaşka yerlere varıyorduk. Çocukken yaşadığımız bir hayal kırıklığı ileride bizi katil de yapabilirdi şair de.

Ayşe galiba ikisini birden olmayı seçenlerdendi. Önce içinde baltasını bileyen katil için şiirler yazıyor, sonra da o baltayı alıp ruhunu hayata bağlayan şeyleri tek tek koparıyordu. Böyle zamanlarda suskunlaşıyordu işte. Onun yanındayken sözcükleriniz görünmez bir duvardan sekip size geri dönerdi.

İşe rıhtımdan başladık. Gözlerini kısıp adanın evlerine baktı. Sanki tutunabileceği bir ipucu arıyordu. Belki de bir ayrıntı ona doğru yolu gösterecek, küçük ayaklarını sonunda Orhan'a götürecekti. Yüzünün şekil değiştirip avcı hayvanlar gibi uzadığını hayal ediyordum. En ufak bir kıpırtıyı yakalamak isteyen kaplanlar gibiydi.

Bense yanında ezilip büzülüyordum. Birincisi, Orhan Efendi'nin adada olmadığına emindim. İkincisi, bildiklerimi Ayşe'ye söylemem lazım mı değil mi kestiremiyordum. Böyle durumlara düşmekten nefret ederim işte. Her geçen gün, söylenmeyen şeylerin sayısı da ağırlığı da artıyordu.

Bütün gün ada sokaklarını arşınladık. Onu yürürken seyretmek hoşuma gidiyordu. Gökyüzünü kaplayıp ışığı yumuşatan bulutların altında yeni uzayan saçlarıyla tam Jean Seberg olmuştu şimdi. Bizi ada rüzgârından korumayan montlarımızla, sanki *Serseri Âşıklar* filmindeydik. Ama bende de biraz Belmondo'luk olsaydı keşke.

Akşama doğru hiçbir ipucu bulamadan eve dönerken Yannis Bey'le karşılaştık. Davetini kırmayıp bir kahveye oturduk. Bize eliyle tepelerin ardını gösterdi. "Kilisemiz orada işte. Bir ara uğrayın, güzeldir."

"Ada zaten çok güzel" dedi Ayşe.

"İyi vakit geçirmişsinizdir umarım."

"İki kere kaybolduk ama."

Yannis Bey güldü. "Bir adada kaybolamaz insan. Olsa olsa biraz yolunu uzatır."

Kahvenin radyosunda eski bir Urfa türküsü çalıyordu. Ada sokaklarına bakarken Urfa türküsü dinlemek insana iyi geliyordu. Ne ağacı olduğunu bilmediğim ağaçlar yapraklarını dökmüştü çoktan. Arada deniz tarafından gelen rüzgâr yeni macunlanmış camları sallıyordu.

•

"Biz aslında birini arıyoruz" dedi Ayşe.

"Burada mı?" dedi rahip.

"Evet. Son zamanlarda adaya gelip gidiyor olması lazım. Belki dikkatinizi çekmiştir."

"Bu mevsimde yeni yüzleri hatırlamak daha kolay. Niye arıyorsunuz peki?"

"Kendisi arkadaşımız olur. Adı Orhan."

"Orhan..." diye mırıldandı adamcağız. Herhalde kafası karışmıştı. Yüzüme dikkatle bakıyordu şimdi.

"Kendisi arkadaşımız" diye tekrar etti Ayşe. "En yakın arkadaşlarıyız onun."

Yannis Bey başını salladı. Ama bambaşka bir şey düşünüyordu sanki.

"Eşiyle ayrılmaya karar verdiler. Sonra birden çekip gitti. Onu çok merak ediyoruz."

Yaşlı adam ağır ağır konuşarak, "Adaya gelip giden bir Orhan var" dedi, "Şiire meraklı mıdır sizinki?"

"Evet. En son ne zaman gördünüz?"

"Pazartesi kiliseye geldi. Matematik hocası olduğunu söyledi. Sonra beraber biraz yürüdük. Kutsal kitaplardan, matematikten bir de şiirden konuştuk. Bu üçünün birbirine çok yakın şeyler olduğunu savundu. Tabii aslında çok enteresan bir düşünce. Çok modern."

"Şimdi burada mı?"

"Bilmiyorum. Bir daha görüşmedik."

"Nerede kalıyormuş?"

"Galiba Akmuratların evinde" dedi, benim tahmin ettiğim bir nedenle kızararak. "Vesile Hanım'ın kulağı biraz deliktir sağ olsun. Onun haberi olmadan adada kuş uçmuyor."

"Nerede bu ev?"

"Oraya mı gideceksiniz?"

"Çok mu uzak?"

Yannis Bey tereddüt ediyordu. Orhan'ın ilişkisinin farkında olduğundan emindim artık. Yardımcı olmak istediği belliydi. Bir dedikoduya karışmaktan çekindiği de belliydi ama.

"Kahvenizi bitirin. Yolu göstereyim."

42

"Kadında utanma yok" dedi Vesile Hanım, gözlerini iri iri açarak. "Dostunu alıp buraya getiriyor. Kusuruma bakmayın çocuklar, asıl arkadaşınız için üzülüyorum ben. Bu o kadının kırdığı ilk ceviz değil çünkü.

Önümüzde çoğu deniz mahsullerinden, güzel bir sofra vardı. Tadını çıkaracak halde değildim ama. Kadının sesi odanın içinde dört dönüyordu. Elimden konuşmanın gidişatını değiştirmek gelmiyordu. Ayşe'nin yüzüne bakmaya da cesaret edemiyordum.

Kahveden sonra Yannis Bey'le beraber Akmuratların evine gitmiştik. Dışardan bakıldığında öteki bağ evlerinden ayırt edilemeyen bir yerdi. Bizim görebildiğimiz iki cephesindeki camlar sahiplerinin adada olmadığını gösterecek şekilde, ahşap kapaklarla örtülmüştü. Ayşe eve bakarken gözlerini kısmıştı. Duvarların içini okuyabiliyordu sanki. Belki de kadınsı bir sezgiyle bir şeyler anlamıştı.

Sonra sofraya oturduğumuzda suskun geçen günün acısını çıkarmak ister gibi, sorular sıralayıp Vesile Hanım'ı tahrik etmişti. Yaşlı kadında fırsatı kaçıracak göz yoktu zaten. "Arkadaşınızın iyiliğini istiyor musunuz?" demişti, kaşlarını kaldırıp. "O zaman günah benden gitti."

Günah ondan gitmişti de, gidip kimi bulmuştu o belli değildi işte. Çocukluğumdan beri içimde gezen suçluluk duygusuyla kendimi en yakın aday görüyordum. Otuz yaşına kadar babasının ölümünü bile kendi hatalarına bağlamış birisi için böyle bir günahı kabullenmek tabiî ki çocuk oyuncağıydı

İlk bakışta, bu olanları önceden tahmin edemediğim için suçluydum. Ayşe'yi buraya getirerek onun gerçekle yüzleşmesine sebep olmuştum. Bu, daha kabul edilebilir bir suçtu ama. Benim asıl içimi ezen, aslında her şeyi tahmin etmiş olmam ihtimaliydi. Belki de Ayşe buraya gelsin, yaşlı bir rahiple tanışsın, sonra da gidip o eve baksın istemiştim. Onu Vesile Hanım'ın karşısına kendi ellerimle itmiştim yani. Demek ki öğrensin istemiştim. Öğrensin ve unutmasın. Unutmasın ve benim olsun.

Göz ucumda Ayşe'nin sofradaki ellerini görüyordum. Kısa tırnaklı, ince uzun parmakları çatalı ileri geri oynatarak balığın derisini soyuyordu. İnsanı korkutacak kadar sakindi bu eller. Çatalın aniden fırlayıp alnıma saplandığını hayal ettim.

"Peki siz?" dediğini duydum Ayşe'nin. Karşımda oturan Yannis Bey'in hafifçe irkilmesinden, onunla konuştuğunu anladım. Sesi de en az elleri kadar sakindi. "Siz ne düşünüyorsunuz? İncil bu işe ne diyor?"

"Kutsal kitaplar hepimizin mutluluğu için var" diye mırıldandı yaşlı rahip. "İsrâ suresini hatırlar mısınız?"

Hiçbirimizden ses çıkmadı. Ben İsrâ suresinin ne olduğundan bile emin değildim. Yannis Bey yumuşak sesiyle devam etti:

> Neyi bekliyorlar? Kendilerine meleklerin gelmesini mi yoksa Allah'ın emrinin gelmesini mi? Onlardan öncekiler de aynen böyle yapmışlardı. Allah onlara zulüm etmemişti. Tam aksine, onlar kendi kendilerine zulüm ediyorlardı.

Ayşe'nin ellerini seyrediyordum. Küçük, ojesiz, çocuksu ellerini. Nihat Abi'nin penceresine konan kuşlar gibi ürkekti ikisi de.

Yorgun bedenlerini canlandıracak bir şey arıyorlardı sanki.

Sizi çalkalayıp sarsar diye yerküreye ağır dağlar, ırmaklar, yollar koydu. İyiye ve doğruya ulaşmanız umulmaktadır.

"Kuran değil mi bu?" dedi Vesile Hanım.
"Güzelmiş" dedi Ayşe.
Yaşlı rahip onlara gülümseyerek baktı. "Kutsal kitaplar fena değildir. Yoksa bu kadar çok satarlar mıydı?"

Gece uyku tutmadı. Pencereden gelen cılız ışıkta saati okumaya çalıştım. Galiba üçe geliyordu. Parmaklarımın ucuna basarak odadan çıktım. Ayşe'yle üst kattaki yan yana iki odada kalıyorduk. Kapısının altından ışık sızıyordu. Çekinerek çaldım kapıyı. Gıcırtılar, sonra da ayak sesleri duyuldu. Beni gördü, gülümsedi.

"Uyuyamadın demek."
"Bu gece hiç bitmeyecek galiba."
"İçeri gel, sana sürpriz yapayım."

Vesile Hanım'ın Ayşe'ye verdiği oda benimkine göre daha küçüktü, ama daha çok eşyayla doluydu. Kapının yanında büyük ve eski bir dolap, dolabın üzerinde ağıra benzeyen hurçlar vardı. Yatağın karşısındaki duvara, aileye ait fotoğraflar çerçevelenip asılmıştı. Fotoğrafların birinde denizden kayığa tırmanmaya çalışan çocuk yaştaki Veli'yi tanıyabildim. Odada naftalin ve temiz nevresim kokuları birbirine karışıyordu.

"Gel bakalım ortak" dedi Ayşe, komodinin üstünde duran şarap şişesini gösterip. "Bir yudum ister miydin?"

Nedense canım içki istemiyordu. Bir şişeye bir de Ayşe'nin dudağında her şeye rağmen direnen o gülümseyişe baktım. "Bekle" dedim, "Bari gidip bardak bulayım."

43

"O kadar belli ki" dedi, "Fark etmemiş olamazsın"

"Ben böyle şeyleri hemen anlayamam."

"Öyle bir bakıyorlar ki birbirlerine... Resmen gözleri parlıyor. Hem hiç düşünmedin mi adamcağızın her gece burada ne işi var?"

"Ne bileyim, ikisi de yaşlı ve yalnız."

"Tamam işte."

"Âşıklar yani."

"Hem de nasıl."

"O zaman mutluluklar dilerim onlara."

"Merak etme, mutlular zaten."

Ayşe yatağında bağdaş kurmuş, ileri geri sallanarak konuşuyordu. Heyecandan mı yoksa şaraptan mı bilmiyorum, yanakları kızarmıştı. Ben de odadaki tek iskemleye ata biner gibi oturmuştum. İskemlenin ahşabı kalçalarımı acıtıyordu ve konu hâlâ gelmesi gereken yere gelmemiş olduğu için gergin hissediyordum kendimi.

"Mutlular" diye tekrarladı, başını öne eğerek. "Vesile ile Yannis. Yannis ile Vesile... Burada takıldıkları sürece de mutlu olacaklar. Belki bizim de öyle yapmamız lazım."

"Nasıl yani?" dedim, "Biz de mi burada kalalım?"

Çakırkeyif bir kahkaha attı, "Ah, tabiî ya! Öteki âşıkların huzurunu kaçırırız değil mi?"

"Belki de sandığımız gibi değildir" dedim, söylediğim şeyin ona salakça geleceğini bile bile.

"Haklısın. Belki de Orhan Bey o hanıma özel matematik dersi veriyordur. Olamaz mı?"

"Ben artık kaçayım" dedim, duvardaki saate bakıp. "Yoksa bizim hakkımızda da dedikodu çıkacak."

"Çıkmıştır zaten."

"Evet. Galiba bizi sevgili sanıyorlar."

"Sence bir mahsuru var mı?"

"Yok."
"İyi. Bence de yok."

Yüzümün kızardığını hissettim. İskemleden telaşla, sağa sola çarparak kalktım. Sonra eğildim, okşadım saçlarını.

"Sakın kendini koyuverme" dedim, "Bunu atlatabilirsin."
"Bunu bana nasıl yapar?" dedi. Sustu sonra.

Ertesi gün adadan ayrılmaya karar verdik. Vesile Hanım kolay pes etmedi. Daha bizi götüreceği üzüm bağları, balık lokantaları, şahane koylar vardı. Niye acele ediyorduk?

"Yoksa bana mı darıldınız?" dedi sonra. Artık son kozunu oynuyordu.
"Yapmayın Vesile Hanım. Nereden çıktı?"
"Bizler yaşlı insanlarız. Bazen çenemiz düşüyor işte. Aslında kimsenin hayatına karışmak âdetimiz değildir. Aklınıza bir şey gelmesin."

Güneş iyice alçalmıştı artık. İskelede günün son vapurunu bekleyen küçük bir kalabalık vardı. Hafta sonu için gelmiş ailelerdi herhalde. Ayşe gülümseyerek gitti sarıldı kadına.

"Teşekkür ederim" dedi, "Her şey için."

Vapur iskeleye yanaşırken, kaleye giden yolun öteki ucunda Yannis Bey göründü. Yorgun vücudunu sürükleyerek, koşar adım yaklaşıyordu. Elindeki torbayı bize doğru salladı. Yanımıza gelebildiğinde yüzü kıpkırmızı olmuştu ve derin derin nefes alıp veriyordu, uzun bir mesafeyi tamamlamış koşucular gibi.

"Spor yapmam lazım. Kondisyon sıfır."
"Çocuklara şarap mı getirdin?" dedi Vesile Hanım. "Hay aklınla bin yaşa!"

44

İki keskin düdük sesi duyduk. Sonra adanın iskelesi yavaş yavaş küçülmeye başladı. Bir ada, ne de olsa yeni bir hayat vaadiydi. Orada her şeyi sıfırlamak mümkünmüş gibi görünüyordu. Oysa İstanbul'da beni bekleyen çok az şey vardı. Ezgi de bir gün büyüyecek ve ihtiyar babasının esprilerine gülmemeye başlayacaktı. Geriye ne kalacaktı peki?

"Ne düşünüyorsun?"

Hava neredeyse kararmıştı. Ayşe'nin camdaki yansıması bana bakıyordu. Uzakta gitgide küçülen adanın ışıkları ile onun yüzü vapurun penceresinde birbirine karıştı birden.

"Belki de haklısın" dedim, "Bize de lazım bir ada."
"Neleri alırdın yanına?"
"Bilmem... Bir şey almazdım herhalde. Belki bir gitar. Belki."
"O kadar mı?"
"Aklıma başka bir şey gelmiyor."
"Ezgi?"
"Onun için adaya önce Akmerkez inşa etmek lazım."

Bakışlarını benden ayırmadan gülümsedi. Ufukta hâlâ parlayan birkaç ışık, şimdi onun camdaki gözleriyle birleşiyordu.

"Aslında geldiğimiz iyi oldu."
"Emin misin?"
"En azından soru işaretlerini hallettik. Bundan sonrası daha kolay."
"Nasıl kolay?"
"Yani artık adamı beklemek için bir neden kalmadı. Bu da iyi kötü bir sonuç sayılır."

Cevap verecektim, laf bulamadım yine. Böyle durumlarda dilim tutuluveriyor. Ayşe'nin gülümseyişi şimdi donuk bir hal almıştı. Adanın son ışıklarının kaybolmasıyla birlikte gözlerindeki pırıltının da söndüğünü gördüm.

"Benim kabul edemediğim, aldatılmış olmak. İşi bu kadar ilerlettiklerine göre herhalde biz ayrılmadan önce de görüşüyorlardı, değil mi?"

"Bilmem" dedim.

"Eskiden bu aldatılmak lafının manasını hiç anlayamazdım. Birlikte olduğun insan gidip başkasıyla yatıyor, sen de aldatılmış oluyorsun. Niye ki? Direkt seninle alakası olan bir şey yok ki ortada. Adamın canı çekmiş, düzmüş karıyı. Niye sen aldatılmış olasın? İşte böyle düşünürdüm. O laf bana anlamsız gelirdi yani."

"Şimdi?"

"Kendimi aldatılmış hissediyorum. İğrenç bir his."

Uzandım, elini tuttum. Ona karşı hissettiğim sefil şeylerle hiçbir ilgisi yoktu hareketimin. Böyle konuşan bir kızın eli tutulur gibi gelmişti sadece. Geyikli iskelesine kadar liseli âşıklar gibi el ele, soğuktan kızarmış burunlarımızı çekerek gittik.

Dönüşümüz gidiş kadar çileli olmadı. Sabaha karşı Boğaz Köprüsü'nü geçiyorduk. İstanbul'un üzerinde gökten her an bir şeylerin yağabileceğini gösteren yekpâre bir gri levha vardı. Ayşe başı omzumda uyuyordu. Kulaklıklarımda Paul Simon "Still Crazy"yi söylüyordu. Nihat Abi sayesinde keşfettiğimiz adamlardan biriydi Paul.

Nihat Abi'nin öğrettiği şeylerden biri de dürüst olmaktı. Müzisyenlerin kavga etmesini bildiği zamanların gitaristiydi Nihat Abi. Ona saçı uzun diye sataşanlarla, evden çıkarmaya çalışanlarla ve konser izinlerini son anda iptal edenlerle hayatı boyunca didişip durmuştu. Şimdi de müzikten anlamayan bir ölümle uğraşıyordu. Azrail'e elindeki orağı gitar şeklinde tutmayı öğretiyordu herhalde.

Karşı yönden gelen arabaların farlarına bakarak o kadar çok şey düşünmüştüm ki beynim yavaşlamıştı sonunda. Koridorda esneyerek ilerleyen muavinden kahve istedim, eliyle tamam işareti yapıp uzaklaştı.

Dürüstlük için insana enerji lazımdı. İnsan ya bir şey yapınca ya da bir şeyi yapmamak için kendisini tutunca dürüst oluyordu çünkü. Bir sürü şeyle yüzleşmek, bazı nimetleri geri çevirmek, dürüstlük yüzünden başımıza açılacak işlerle boğuşmak lazımdı. Bense bu üç günlük ada macerasından sonra kendimi kriptonit yutmuş Superman gibi hissediyordum.

Üstelik kalbimde şakaya vuramadığım bir oyuk vardı ve onun varlığını hissettikçe omzumda uyuyan Ayşe için üzülüyordum. Kızcağız uyuyordu, çünkü içi rahattı. Her şeyi çözdüğünü zannediyordu. Sanıyordu ki bu hikâyeden geriye kalan sadece usul usul kanayan bir yaradır. Onu da zaman halleder. İnsan uyuyabilir artık.

Yapacağım en ufak bir dürüstlük, bu huzurdan eser bırakmayacaktı ama. Orhan'ın salak planını öğrendiği an her şeye yeniden başlayacaktık. Ayşe'nin önünde şüpheler ve sancılarla dolu yepyeni bir sayfa açılacaktı. O sayfayı doldurmak için ikimizin de enerjiye ihtiyacı vardı ve şu kriptonit meselesi yüzünden kendime pek güvenemiyordum işte.

Peki hiç olmazsa kendime karşı dürüst olamaz mıydım?

Belki de Ayşe Orhan'ın çevirdiği dolapları öğrense önce şaşıracak, sonra gülecek, en sonunda da onu affedecekti. Belki benim asıl korktuğum da buydu zaten. Gerçekler işime gelmiyordu yani.

"Gerçekler işine gelmiyorsa" derdi hep Nihat Abi, "hayatında bir yamukluk var demektir."

Muavin, kaptanla muhabbet halindeydi. Benim kahveyi unutmuştu çoktan.

45

Öğleye doğru, kapı ziliyle uyandım. Pencerede şimşekler çakıyordu. Ayşe uykusunu yolda aldığı için sabah lokantaya gideceğini söylemişti. Hayata yeniden başlamak için o kadar hevesliydi ki eve bu saatte dönmesi tuhaf geldi bana. Ayrıca otobüs koltuğunda belime bir şey olmuştu. Kapıya doğru attığım her adımda pis bir sancı duyuyordum.

"Selam" dedi Altan. "Ne bakıyorsun öyle ördek gibi?"
Şaşırmıştım gerçekten. "Hoş geldin" dedim, "Hangi rüzgâr?"

Altan'ın bu mahalleye üçüncü gelişiydi. Hatta kapımdan içeri ilk defa giriyordu. Yıllarca aynı evde yaşamamıştık sanki.

Odanın ortasında üzerinden sular damlatarak durdu. Bakışları uyduruk gitar tezgâhımın, kolçakları yamalı koltuğumun, duvara yaslı ahşap masamın üzerinde tek tek dolaştı. Dudaklarında bir yarım gülümseyiş belirdi. Gördükleri ona herhalde bir zamanlarki bir şeyleri hatırlatıyordu.

"Çayın var mı?"
"Sen üstünü çıkar şuraya as" dedim, kaloriferi gösterip. "Yaparım şimdi."
"Beline ne oldu?"
"Otobüs yamulttu biraz."
"İhtiyarladın be oğlum."

Ocağı yakıp geri döndüğümde, onu Nihat Abi'nin Telecaster'ını eline almış bakarken buldum. Bu gitarı çok sevdiğini hatırlıyordum. Gençken Nihat Abi'nin evine uğradığımızda onu birbirimizin elinden kapardık. Ama şimdi kucağına yatırmış, bir hatıraya bakar gibi bakıyordu.

"Dün hastaneye uğradım" dedi, başını kaldırmadan.
"Ve?"
"Seninle konuşsak iyi olacak."
"Kötü haber mi?"
Başını gitardan kaldırdı, göz göze geldik. "Nihat Abi gitti gider Memet."

İçimde ince bir telin koptuğunu hissettim.

"Orospu çocukları!" dedim, kime küfrettiğimi bilmeden. "Onu yaşatamadılar!"
"Başhekimle konuştum. Adam uzun uzun anlattı. Bu saatten sonra vaziyetin düzelmesine imkân yokmuş zaten."
"Ne zaman?"
"En fazla bir iki gün. Acı çekmez diyorlar."
"Siktirsinler! Nereden biliyorlarmış?
"Ne bileyim ben."

Aklıma Nihat Abi'nin evinden aldığım telefon rehberi geldi. Onu çöpe atmakla iyi halt etmiştim.

"Belçika'yı arayalım" dedim.
"Niye?"
"Ne de olsa kardeşidir. Haberdar olmak ister."
"Sen dememiş miydin herif ilgilenmiyor diye?"
"Şimdi durum farklı ama."

Gözlerini gözlerimden ayırmadan ayağa kalktı. Uzanıp omzumu kavradı. Öteki eliyle gitarı tutuyordu hâlâ. "Onun kardeşi biziz..." dedi, "Onu yolcu etmek de bize düşer."
"Dışarı çıkalım" dedim, "İçim daraldı burada."

Altan'ın arabasına binip şehirde anlamsız turlar attık. Göğün dibi delinmişti sanki. İkimiz de gözlerimizi sileceklerin umutsuzca çırpındığı ön cama dikmiştik. Çıt çıkarmıyorduk. Tanıdık bir şarkı çıkar diye radyoyu açmaya çekiniyorduk.

Barbaros Bulvarı'ndan aşağı inip sahil yoluna çıktık. Ortaköy'e giden yol ağır ilerliyordu. Yağmur, arabanın tavanını gürültüyle dövüyordu. İnsanın aşırı büyük bir güç karşısında aciz hissettiği andı bu. Alacak nefes, kuracak cümle kalmıyordu.

"Elvan senin besteyi birilerine dinletmiş."

"Öyle mi?"

"Prodüktörler beğenmiş. Şimdi söz yazdıracaklar herhalde. Senin için ciddi ciddi çalışıyor bu kız."

"Ben hâlâ nereden arakladığımı bulamadım ama."

"Ben buldum, merak etme."

"Ne güzel. Neymiş peki?"

"Dün hastaneden dönünce kaydı bir daha dinledim" dedi, parmaklarıyla direksiyon üzerinde ritim tutarak. "Bence tek bir yerden değil o melodi. Bir sürü şarkıdan birden tırtıklamışsın."

"Söyle bari, hangileriymiş."

"Sadece şarkılar olsa yine iyi. İşin içinde ruhlar da var. Dinlerken King Crimson'ı da duyuyor insan, Erkin Koray'ı da. Sonra bir yerinde İlhan İrem bestesi haline gelip tam yakayı ele verecekken değişiveriyor birden. Bu sefer de eski Billy Joel baladlarını, Gilmour sololarını falan düşünüyorsun. Sanki bütün bu herifler şarkıyı seninle beraber doğurmuş."

"Yani iyi bir şey mi bu?"

"Gençliğimize ait bir şey."

Altan'ın böyle konuştuğunu ilk defa duyuyordum. Normalde geriye bakan bir adam değildi çünkü. Yaşlanıyordu herhalde.

"Bu akşam işin var mı?"

Dikiz aynasından sırıttı. "Niye? İki çıtır mı ayarladın?"

"Müsaitse babana gidelim diyorum."

"Yani bara gidip kafayı dağıtmak varken Langa'ya gidip suratsız ihtiyarla oturacağız, öyle mi?"

"Belki rakısı da vardır."

"Belli olmaz" dedi, içini çekerek. "Bir büyük almak lazım. Her ihtimale karşı."

Hasan Amca hâlâ aynı evde oturuyordu. Geçen yılların iki apartmanın arasına sıkıştırdığı, öne devrilecekmiş gibi duran kâgir bir binaydı. İkinci kattan sokağa uzanan cumba, sonradan eklendiği çok belli demir kirişlerle desteklenmişti. Çocukluğa dair her şey gibi o da biraz küçülmüştü sadece.

Ben bildim bileli beyaz olan saçları artık sararmaya başlamıştı. Yüzü her yöne doğru giden çizgilerle doluydu. O kadar derindi ki bu çizgiler, abajurun baygın ışığı teninde gölgeler yaratıyordu. Gözleri değişmemişti ama. Hasan Amca takma dişlerini oynattıkça bu gözler sanki inadına, ortaokul öğrencisi gibi bakıyordu.

Üzerinde beyaz fanila vardı. Vücuduna bol gelen kadife bir pantolon giymişti. Geçen yıllar odayı fazla değiştirememişti. Bakır siniler, aynalı dolaplar ve renkli porselenler yine itişip kakışarak dolduruyordu evi. Masadaki çorbanın dumanı tütüyordu.

Geldik diye rahatını bozacak değildi Hasan Amca. Ekmeğinden bir parça kopardı, çorbasından bir yudum aldı.

"Kim bilir ne oldu da geldiniz..." dedi.

"Haklısınız" dedim.

"Niye haklıymışım?"

"Hayırsız çıktım biraz, değil mi?"

Onu en son annemin cenazesinde görmüştüm. Daha zayıf ve sağlıksız duruyordu şimdi. Bu ihtiyarın bir zamanlar bizi çatılarda kovalayan adam olduğuna inanmak için hafızanın yardımına fazla ihtiyaç vardı.

Gözlerini kısarak baktı bana. Avurtları çiğnediği lokmayla ağır ağır şişiyordu. Kaşları gür ve dağınıktı. Hemen arkasındaki maarif takvimi birkaç ay öncesini gösteriyordu. Onun insanın kalbine saplanan bakışlarında sevdiğim bir şey olurdu hep.

"Boşanmışsın öyle mi?"
"Öyle" dedim.
"Bıcırık ne yapıyor?"
"İyi... Büyüyor işte."
"Çalgıcılığa devam mı hâlâ?"

Çaktırmadan Altan'a baktım. Küçük bir bibloyu dalgın dalgın evirip çeviriyordu.

"Şimdi Altan'la çalışıyoruz."
"Yine tencere kapak oldunuz yani."
"Biraz nevale aldık" dedi Altan. "İki kadeh parlatırız dedik."
"Çalgıcılarla masaya oturmam ben."
"Çalgıcı değiliz biz. İşadamıyız."
"Ya..." dedi, küçümseyen bir sesle. "Hangi işin adamısınız peki?"
"Uluslararası şirketlere beste pazarlıyoruz."
"Hadi bakalım."
"Evet" dedi, yan gözle bana bakıp. "Memo'nun bestesini meşhur yapacağız mesela."

Hasan Amca'nın ilgilenir gibi bir hali yoktu. Son kaşığı da aldıktan sonra kalktı, tepsiyle beraber çıkıp gitti odadan.

"Ne anlatıyorsun sen?" dedim Altan'a.
"Yalan mı?"
"Ulan daha fol yok yumurta yok."
"İkisi de olacak. Merak etme."

Bitişikteki sokak kapısının önünde yaşlı adamın gölgesi belirdi. Gölge askılıktan bir ceket aldı, üzerine geçirdi.

"Yukarı çıkalım size kuşları göstereyim" diye seslendi. "Sonra da ne halimiz varsa görürüz."

46

Çatı sadece terasa açılmıyordu. Geçmişe de açılıyordu. Etrafını çeviren apartmanların arasından Kumkapı'nın ışıkları görünüyordu. Işık topları halinde akan otomobillerin arkasında kıyıya bağlı mavnaların karaltıları hayal meyal seçiliyordu. Çocukluğumuzu yaşayıp sonra da onunla helalleştiğimiz yerdi burası. Porno dergilerimizi sakladığımız, sigara içerken Hasan Amca'ya yakalandığımız, Central Park konserine hangi kıyafetle çıkacağımıza karar verdiğimiz yerdi.

O günleri şimdiki zamana bağlayan sadece kuşlar kalmıştı. Hasan Amca'nın taklacı güvercinleri, sayıları azalmış da olsa boyunlarını uzatarak selamlıyordu bizi.

Terasta yağmurdan kalma birikintiler vardı. Bulutlu hava yerini tek tük yıldızların parladığı serin bir gökyüzüne bırakmıştı. Kafeslerin yanındaki tahta masaya paltolarımızla oturmuştuk. Üşümek mutlu ediyordu beni.

Hasan Amca iki kadehin dumanladığı gözleriyle güvercinlere bakıyordu. Dalgın bakışlarını kuşların üzerinde gezdirdikten sonra kadehini masaya koydu.

"Allah biliyor ya, zamanında o Niho'ya az kızmadım. Sizi baştan çıkardığı için kızıyordum. Ukala bir hali vardı o çocuğun. Ne bileyim, sinirime dokunuyordu."

"Biliyoruz" dedi Altan.

"Ama iyi kötü bir zanaat öğretti size değil mi?"
"Öğretti" dedim.
"Peki şimdi pişman mısınız?"
"Değiliz!" dedi Altan. O da biraz kafayı bulmuştu galiba.
"Benden yediğiniz küfürlere değdi mi yani?"

İkimiz birden başımızı salladık.

"O zaman siktir edin kardeşi mardeşi" dedi, içini çekip, "Madem başka kimsesi yok, dava sizin davanız."

Altan aklına bir cevap gelmiş gibi ağzını açtı. Bir şey diyemeden kapadı sonra. Hasan Amca başını eğmiş beyazpeynire bakıyordu. O an Kumkapı tarafından gelen bir rüzgâr yokladı beni.

"Aslında dünyaya Niho gibiler de lazım" dedi yaşlı adam, başını kaldırmadan, "Hayal adamları... Aklı beş karış havada olanlar... Laftan sözden anlamayanlar... Hayat onlar sayesinde bir boka benziyor. Yoksa şu güvercinlerden ne farkımız var?"

47

Ertesi gün Nihat Abi'nin hatırlayabildiğimiz tanıdıklarını arayıp bir diyecekleri var mı diye sorduk. Bir Altan çeviriyordu telefonu bir ben. Cevap yerine de genellikle yuvarlak sözler ve üzgün iç çekişler alıyorduk.

Böyle durumlar sinirini bozuyordu insanın. Hatta Altan bir keresinde resmen gülme krizi geçirdi. Müzisyenler derneği gibi bir yerin yöneticisiyle konuşuyordu ve daha lafını bitiremeden kahkaha atmaya başladı. Telefonu kapattığında artık gözleri yaşarmıştı gülmekten.

"Dangalak" dedi, "Tanıdıklarına haber verdik mi diye soruyor!"

Bu faydasız işe öğleye kadar devam ettik. Sonra da acıktık. Gökyüzü yeni bir yağmuru haber veren bulutlarla tamamen örtüldüğünde, gitar tezgâhının üzerindeki saat ikiye geliyordu. Kendime itiraf edemesem de iki gündür yaşananlar bir yerde iyi gelmişti bana. Nihat Abi'nin gidişi, Ayşe'yle ilgili bir şey düşünmeme engel oluyordu.

"Yiyecek bir şey var mı evde?"
"Var. Gitar telleriyle diapozon var. İster miydin?"

Yarım saat sonra, Nispetiye Caddesi'ndeki küçük bir büfede tost yiyerek yağmuru seyrediyorduk. Karşıdaki durakta sağanaktan korunmaya çalışarak bekleşen insanlar vardı. Tezgâhın arkasındaki çocuk kulağını radyoya gömmüş at yarışı dinliyordu. Altan arada bana belli etmediğini sanarak saatine bakıyordu.

"Randevun mu var?" dedim.
"Acelesi yok. Akşamüstü Kadıköy'de olmam lazım."
"Sen keyfine bak. Aranacak pek kimse kalmadı zaten."
"Sen ne yapacaksın bugün?"
"Hastaneye gideceğim."
"Ciddi misin?"
"Gelmek ister miydin?"
"Zannetmiyorum."

Altan beni hastanenin önünde indirdi. Caddenin ucundaki trafik ışıklarına kadar arabasını gözümle takip ettim.

Binanın kapısından girerken değişik bir his vardı içimde. İnsanın alıştığı bir yere son kez gelirken kapılacağı türden bir his. Nedense danışmadaki hemşire her zamankinden güzel göründü gözüme. Koridorlar her zamankinden bakımlı, mekânı kaplayan ilaç kokusu her zamankinden tatlıydı. İşin tuhafı, hiç olmadığım kadar sakindim.

İkinci katın ışığı yandığında asansörden indim ve hüzünden uyuşmuş bir halde, koridorun ortasındaki odaya yöneldim. Artık çoğunu tanıdığım hemşireler yanımdan geçerken utanarak selam verdiler. Odanın kapısına geldiğimde bir an durdum. Açık mavi duvarlara bakarak derin bir nefes aldım ve girdim içeri. Nihat Abi'nin dudaklarında bir tebessüm vardı. Camda akan yağmur damlaları, yüzüne yansıyordu. Koca adam, aynı anda hem gülüyor hem ağlıyordu sanki.

48

Akşam koltuğumu mutfak penceresinin önüne çekip Ayşe'yi bekledim. Havanın hiç acele etmeden kararmasını seyrettim. Sonra herhalde hastanede sağa sola imza atarken bulaşmış mavi bir mürekkep lekesi gördüm parmağımda. Ona bakarken içim sıkıldı. Bir hastalık belirtisi gibi geldi bana. Nihat Abi'nin kanı da olabilirdi tabiî. Mavi kan... Ona da zaten bu yakışırdı.

Yediye doğru bir taksi durdu. Ayşe elinde torbalarla indi. Sokak lambasının ışığında çok güzel görünüyordu. Saçları kısacık olmuştu yine. Üzerinde Kız Kulesi'ne giderken giydiği palto vardı. Kapıyı açtığımda merdivenlere varmıştı bile.

"Yardım edeyim" dedim.
"Ah!" dedi, "Bir centilmen..."

İçeri girip torbalardan kurtulduktan sonra sarıldı, yanağımdan öptü beni. Çizmelerini çıkarıp odanın ortasına fırlattı, kelebekler gibi sekerek gidip teybin düğmesine bastı. Sezen Aksu'nun müziği doldurdu evi.

"Gözüm yollarda kaldı" dedim.
"Hep sen mi serserilik yapacaksın?"
"Hayır tabiî..."

"Lokantayı kapadıktan sonra Safiye'yle biraz sürttük. Önce üst baş aldık, sonra oturduk kahve içtik, lafladık. İki gün görmesem özlüyorum ben o kızı."

"Çocuğundan bir haber var mı?"

"Evet!" dedi, kendini koltuğa bırakıp. "İyiye gidiyor. Kimsenin tahmin etmediği kadar iyiye gidiyor. Tıp dünyası şaşkınlık içinde!"

"İyi" dedim, gülümseyerek. Konu Safiye bile olsa iyi bir haber, iyi bir haberdi. "Kızın morali düzelmiştir"

"Aylardır ilk defa yüzü güldü yazık."

Teybin sesini biraz daha açıp mutfağa yollandı. Sezen'in sesinin arasından, dolabın açılıp kapandığını duydum.

"Bu arada, Safiye'nin tanıdığı bir avukat var... Ben bir kadeh bir şey içeceğim, sen de ister misin?"

"Bira" dedim.

"Amma sinamekisin... Viski iç bari."

"Peki. Viski."

İki buzlu bardakla yanıma geldi. Sedire oturmuş onun ışıltısını seyrediyordum. İnsan gözlerini alamıyordu.

"Avukat, Safiye'nin bir arkadaşının kocası" dedi, bardağı önüme itip. "Boşanma davalarında gayet iyiymiş. Zaten benimki gibi bir durumda avukatın iyi olmasına da gerek yokmuş. Ayıptır söylemesi, Orhan Bey'in yaptığı icabında zinaya bile giriyor çünkü."

"Emin misin?"

"Neden emin miyim?"

"Boşanmak istediğinden."

Gözlerini koca koca açarak yüzüme baktı. "Memet, insan boşanmak istediğinden şu anda emin olmazsa ne zaman olabilir sence?"

"Sana bir şey anlatayım ister misin?"

"Ne konuda?"

"Orhan mesela."

Kaşlarını çatıp baktı bana. Yüzünde anlamak isteyen bir ifade vardı. "Benim bilmediğim bir şey mi biliyorsun?"

"Evet" dedim.
"Niye bana söylemedin?"
"Nasıl söyleyeceğimi bilemiyordum."
"Orhan hakkında bir şey biliyorsan bunu benim de bilmem lazımdı Memet. Niye saklıyorsun benden?"
"Ayşecim" dedim, elini tutup, "Önce bir dinle istersen."

Işığı biraz zayıflamıştı şimdi. Gözlerime bakarak dudaklarını yiyordu. Sonra gitti bir sigara aldı çantasından, yakıp tekrar karşıma oturdu.

"Evet beyefendi, sizi dinliyorum."
"Orhan o kadınla başka bir nedenle birlikte" dedim, sesime becerebildiğim kadar tarafsız bir renk vererek. "Kadın zengin. Gördün işte, bağı bahçesi var. Bir süre onun gönlünü yaparsa eline bir şeyler geçebileceğini düşünüyor."
"Bir dakika" dedi, "Sen nereden biliyorsun bunları?"
"Araştırdım" dedim, "Kadın kurstaki bir öğrencisinin annesi... Orhan'a birkaç defa yanaşmaya çalışmış. Bizimki yüz vermemiş. Ama galiba kadın işin peşini bırakmamış. Hem biz Orhan'ı tanıyoruz, değil mi?"

Ayşe cevap vermedi. Bakışlarının ne anlama geldiğini de artık kestiremiyordum.

"En azından sen tanıyorsun" diye devam ettim, cesaretimi yeniden toplayıp. "Eğer maddiyat düşünmese öyle bir kadına gider mi hiç?"
"Ne yapacakmış maddiyatı?"
"Eliniz biraz ferahlar diye herhalde."
"Yani kadının parasını alacak, sonra da karısına dönecek."
"Evet" dedim heyecanla. "Yani sanıyorum... Herhalde..."

Ayşe bir an sessiz kaldı. Gözleri tavanda sanki binanın ağırlığını ölçmek ister gibi dolaştı. Sonra da gülmeye başladı.

"Memo..." dedi, "Ah Memo, sen ne iyi bir insansın!"
"Niye?" dedim.
"Yani arkadaşın için yapmayacağın şey yok."

Buna cevap veremedim. Ayşe gülerek kalktı, masanın üzerindeki çanağın içinden dörde katlanmış bir kâğıt aldı. Kâğıdı önüme koyduğunda, üzerinde iki gün öncesinin tarihini gördüm. Yazı, Orhan'ın yazısıydı.

"Çok kötü bir yalancısın" dedi gülerek. "Ama iyi bir arkadaşsın."

49

Ne yalan söyleyeyim, Orhan'ın mektubunu buraya yazmak içimden gelmiyor. Zaten öyle hızlı okudum ki, şimdi tam çıkartamayacağım. Ama şunları düşündüğümü hatırlıyorum: Orhan'ın sevgilisi onun için kocasından ayrılmayı bile göze aldığına göre, esaslı bir kadın olmalıydı. Buna karşılık Orhan da hem Ayşe'yi hem de bütün geçmişini geride bırakmaya karar verebildiyse bir bildiği vardı herhalde.

Belki de kadını sahiden sevmeye başlamıştı. Belki de Ayşe'yi artık sevmemeye başlamıştı. Bu yaştan sonra bağa, bahçeye ve rahata kavuşmak tatlı gelmişti ya da. Bilemiyordum.

Bu mantık Orhan'a duyduğum siniri yatıştırmıyordu ama. Bizi kandırmıştı çünkü. Sadece Ayşe ile beni değil; üst kattaki Kâmuran Teyze'yi, Cumhuriyet'teki Alileri, Bozcaada'daki Vesile ile Yannis'i, yani bizim dünyamıza dair ne varsa kandırmıştı sanki. Tabiî bütün bunları gönül rahatlığıyla yapabilmek için bir ara kendisini de kandırmış olmalıydı.

"Mektup dün geldi. Biz adadayken lokantaya postalamış. Sen de iki gündür yoksun ortalıkta."

"Ne yapacaksın?"

"O ne isterse onu. Hiç ağlayacak halim yok."

Odadaki tek abajurun aydınlattığı yüzünde beni korkutan bir ifade vardı. O ifadeyi Nazlı'dan hatırlıyordum. Bir kapıyı bir daha açmamak üzere kapattıkları zaman, içlerinde olup biteni artık bir erkekle paylaşmaya gerek görmedikleri zaman, bir odada yanınızda durup da aslında yüz kilometre uzakta olmak istedikleri zaman kadınların yüzünde bu ifade beliriverir.

Sessiz bir yemeğin ardından kanepenin iki ucuna oturduk. Ona Nihat Abi'den bahsetmek istedim. Ağzımı açmamla hatıralar hatıraları, cümleler cümleleri çağırdı. Gece boyunca hiç susmayıp anlatırsam Niho'ya son bir iyilik yaparmışım gibi geliyordu bana.

Ayşe elini yanağına koyup dinledi. Odanın içinde Langa'daki eski mahalle vardı şimdi. Hasan Amca'nın kuşları vardı. Kocası hapiste olan kapıcı kadın vardı. Gençken çaldığımız şarkılar, Nihat Abi'nin bir gece yolunu kesen adamlardan kaçarken kırılan kolu, onunla küsmelerimiz, barışmalarımız vardı.

Yağmur camları küçük ve iddiasız darbelerle yokluyordu. Ayşe'nin yüzüne tatlı bir sarhoşluk gelmişti. Beni yarı kapalı gözlerinin arasından seyrediyordu. O güne kadar ona Nihat Abi'den ne kadar az bahsetmiş olduğumu fark ediyordum. Fark ettikçe de anlatmak geliyordu içimden. İstiyordum ki geç kaldığımız şeylerin acısı bari bu gece çıksın, Langa'nın en delikanlı gitarcısı hakkında şu âlemde bilinmeyen kalmasın.

Ayşe gözlerini kapadı. Dudaklarında çakırkeyif bir gülümseyiş gördüm. Bir süre ara sıra başını sallayarak ya da kısacık cevaplar vererek dinledi. Sonra bunları da yapmamaya başladı. Gülümseyiş dondu, göğsü derin nefeslerle yükselip inmeye başladı. Başı öne düştü sonra, uyandı.

"Ay!" dedi, başını hâlâ yerinde mi diye yoklayıp. "Özür dilerim!"

"Yorgunsun, ben de kaçayım artık" dedim. Daha Nihat Abi'nin hastalığını bile anlatamamıştım oysa.

Evime girdiğimde içtiğim viskiler yüzünden midem bulanıyordu. Banyoya gidip iki kere kustum. Başımda ne zaman içki içsem gelip beni bulan, tuhaf bir ağırlık vardı. Telecaster'ı elime alıp koltuğa oturdum. Pencereden görünen yeşilliğin bittiği yerde çakan şimşeklere baka baka, Nihat Abi'nin çalmaktan hoşlandığı şarkılardan birini kendi kendime söyledim.

Bir gün belki hayattan
Geçmişteki günlerden
Bir teselli ararsın
Bak o zaman resmime...

50

Öğleye doğru Beylerbeyi'ndeki yalının kapısını çaldım. Riella Hanım salonda bekliyordu. Aşırı kibar davranmasından bir terslik olduğunu hissettim hemen. Linda da ortalarda görünmüyordu.

"Linda size bu sefer tam küstü" dedi, utangaç utangaç. "Onu çok ihmal etmişsiniz."

"Haklı... Hayatım biraz engebeli bugünlerde."

"Anlıyorum" dedi. Kibarlığında insanı ezen bir şey vardı kadının.

"Şimdi nerede peki?"

"Odasında" dedi, gülerek. "Görüşmek istemiyormuş."

"Bir denesem?"

"İyi şanslar derim."

Linda'nın odası merdiven bitince ilk görülen kapıydı. Bu kapıyı ilk defa sımsıkı kapalı görüyordum. Biz çalışırken bile hep aralık dururdu.

Odadan kısık sesli müzik duyuluyordu. Jacques Brel, George Moustaki ya da öyle bir şeydi galiba. Kapıyı hafifçe çaldım. Cevap gelmedi. Müziğin sesi biraz daha yükseldi. Bu sefer daha kuvvetli çaldım.

"Linda" dedim, "Çalışmayacak mıyız?"

Müzik daha da yükseldi. Bana Moustaki gibi geliyordu. Bilmediğim bir şarkısıydı ama. Merdivende bir ses duydum. Dönüp baktım, Riella Hanım aşağıda duruyordu. Karşılıklı mahcup mahcup gülümsedik. Birkaç kez daha boş yere çaldım kapıyı.

Odadaki şarkı kısılarak son bulurken, umudum da erimek üzereydi artık. O sırada kapıyla yer arasında kalan boşluktan bir şey uzandı. Eğilip çizgili dosya kâğıdını aldım. Üzerinde ilkokul öğrencilerininkine benzeyen bir yazı vardı.

"Memet Bey" deniyordu mektupta:

> Bir süredir derslere eskisi gibi düzenli gelmiyorsunuz. Gelmek için kendinizi zorladığınızı anlayabiliyorum. Bu da beni çok ama çok üzüyor. Tabiî ki kör bir kızla zaman geçirmek zorunda değilsiniz. Hatta bundan sonra da beraber çalışmak zorunda da değiliz. Size mutluluklar dilerim. Teşekkür ederim. Linda.

Kâğıdı uzaktan Riella Hanım'a gösterdim. Ellerini iki yana açıp "Gülizar Ablasına yazdırmıştır" dedi. "Bize küsünce de hep böyle yapar."

"Gülizar kim?"

"Yardımcımız. Aşağıda gördüğünüz."

"Galiba ben gitsem iyi olacak."

"Peki ne yazmış şaşkın?"
"Önemli değil" dedim, "Yani, önemli ama önemli değil."

Riella Hanım ders ücretini vermek için ısrar etti. Ben de almamak için ısrar ettim. Sonunda o kazandı ama. Kriz başladığından beri bu konularda kahramanlık yapamıyordum.

Gökyüzünde güneş ve bir iki sersem bulut vardı. Beylerbeyi'nden Salacak'a kadar Linda'nın mektubunu düşünerek gittim. Gerçekten de ona acıdığımı sanıyordu. Ona bu yüzden ders verdiğimi sanıyordu. Para denen şeyden haberi bile yoktu kızın.

Salacak'ta çay söyledim. Benim boyacı oğlan oradaydı. Görünce sırıtarak yanıma geldi. "Nerelerdesin amca?" dedi.
"Amcalar kovalasın seni. Borcunu hatırlıyor musun?"
Bir bana, bir de gitara baktı. "Hatırlamam mı? Hadi uzat."
"Çalmak ister misin yine?"
"İstemem" dedi, yüzünü ekşitip. "O işleri bıraktım ben."

51

İnsanı hayatın anlamı hakkında derin derin düşünmeye itecek kadar sıradan bir cumartesi, Şişli Camii'nin avlusunda bekleşiyorduk. Altan gözünü bir su birikintisine dikmiş sigara içiyordu. Havanın boku çıkmıştı artık, resmen sulu kar yağıyordu. Elimi gözlerime siper edip tabuta ve avlunun iki kapısına sırayla baktım. Gelen giden yoktu pek.

Nihat Abi orada yatıyordu işte. Sonunda bu da olmuştu.

"Ben artık dayanamayacağım" dedi Altan. "Sinirim bozuldu. Gitmek istiyorum."
"Bir yere gidemezsin" dedim, "Sonuna kadar ikimiz buradayız."
"Mezarlığa gelmeyeyim bari."

"İnsanlar zaten kaytarmak için bahane arıyor" dedim, gözümü gözüne dikip. "İkimizden biri kaybolursa onlar da beş dakika beklemez."

"Namaza girecek misin peki?"

"Gireceğiz."

Onu zorlamak hoşuma gitmiyordu aslında. Hastaneden buraya iyice altüst olmuştu. Zaten sıkıntılı adamdı Altan, fazla üzüldüğü zaman göz pınarları bile iptal olduğu için ağlayamıyordu. Annesinin cenazesinde bu yüzden bir sürü dedikodu çıkmıştı.

Öğle ezanı yaklaşırken küçük bir grup haline gelebildik. Nazlı soğuktan kızarmış burnuyla yanımdaydı. Kapıcı Gülümser, neftî yeşil başörtüsünün altından dalgın gözlerle bakıyordu. Nihat Abi'nin Velvele Kahvesi'nden birkaç arkadaşı, Altan ve babasıyla konuşuyorlardı. Hiç çelenk yoktu. Gazete ilanı rahmetlinin yıllarca beraber çalıştığı meşhurların gözünden kaçmıştı demek ki.

O sırada avlunun öteki kapısında Ayşe'yi gördüm. Geleceğini söylememişti. Şemsiyesinin altında bayrak törenindeki lise öğrencileri gibi dikiliyordu. Başında koyu lacivert bir eşarp vardı. Aynı renk bir palto giymişti. Sonra el salladığımı fark etti. Şemsiyesini bana çevirdi.

Hızlı hızlı yürüyerek yaklaşırken artık bana değil Nazlı'ya bakıyordu. Nazlı'nın sırtı dönüktü, fark etmemişti geldiğini.

Kendimi bir buçuk yıldır küs olan iki kadının bu karşılaşma anına hiç hazır hissetmiyordum. Olabilecekleri düşünmek beni huzursuz etti. Bunca zaman görüşmemeyi başardıklarına göre, bir gün daha idare edemezler miydi sanki?

Ayşe hızını hiç kesmeden geldi, tam yanımda durdu. Nazlı'nın sırtına doğru gülümseyip, "Merhaba" dedi.

Nazlı o sırada öğle namazını bitirip camiden çıkmış olan hocaya bakıyordu. Bir an cevap vermedi. Sonra ağır ağır dönüp çok da tekinsiz olmayan bir sesle, "Ayşe..." dedi, "Nasılsın?"

Hoca yerini almıştı. Ben yaşlarda, zayıf, uykulu yüzlü bir adamdı. Altan'ın ötekilerden ayrılıp tabuta yaklaştığını gördüm. Ne yapmam gerektiğini kesinlikle bilmediğimi fark ettim. İçimdeki en karanlık noktadan başlayan panik yavaş yavaş vücuduma yayılıyordu. O sırada bir elin kolumu okşadığını hissettim. Nazlı, anneminkine benzeyen bir gülümsemeyle bakıyordu.

"Haydi..." dedi, "Altan'ın yanına git. Biz Ayşe'yle burada dururuz."

Namaz boyunca aklım bir çağrışımdan ötekine uçtu durdu. İnsan tören sürerken ölümün ciddiyetini kavrayamıyor nedense. Ölüm hiç olmadığı kadar zararsız görünüyor. Belki de bu yüzden, kendimi yaptığım işe vermekte zorluk çekiyordum. Avlunun duvarına konmuş güvercinlere baktım biraz. Altlarında eğilip doğrulan bize hiç aldırmadan, bambaşka bir telaşla geziniyorlardı. Ölümden korkmuyorlardı. Ölümün farkında bile değildiler. Bu yüzden göğe ve sonsuzluğa aitti kanatları.

52

Akşamüstü Nihat Abi'nin Kurtuluş'taki evinde beş kişiydik. Ben vardım, Altan vardı, Hasan Amca eve zamanında kim bilir nereden gelmiş bir ofis koltuğuna oturmuş, bıyıkları biraz daha sararsın diye sigara içiyordu. Nazlı ile Ayşe pencere kenarındaki sedirde raftan indirdikleri kırkbeşliklere bakıyorlardı.

"Şunu çalsana" dedi Nazlı, "Nihat severdi bunu."
Uzattığı, "Endülüs'te Raks" kırkbeşliğiydi. Nesrin Sipahi söylüyordu. Plağı alıp elimde olmadan Hasan Amca'ya baktım.

"Ne bakıyorsun?" dedi ters ters.
"Çalalım mı plağı?"
"Bana mı soruyorsun?"
"Çalmayalım mı?"
"Kız ne istiyorsa yap..." dedi, sigarasını sallayıp. "Burada plak çalınmayacak da nerede çalınacak?"

İğne plakla buluşunca, Nesrin Sipahi'nin güzel sesi evde dolaşmaya başladı. Çok geçmeden hayal âlemlerimize dalmıştık bile. Benim hayalimde küçük, sessiz bir ada vardı. Biraz Bozcaada'ya benziyordu. Adanın sahilinde bir bağ evi, evin içinde bir Memet ile bir Ayşe vardı. Nihat Abi'nin gitarı şöminenin yanında duruyordu. Sadece o bize misafirliğe geldiğinde elimize alıyorduk. Nihat Abi'nin kanlı canlı olduğu bir dünyaydı burası.

Sonra gece oluyordu. Adını bilmediğim böcekler seslerini yükseltirken şarapla ve aşkla pembeleşmiş yanaklarımız birbirine yaklaşıyordu. Nesrin Sipahi'nin sesi, yatağa kadar eşlik ediyordu bize. Sonra bambaşka bir dünya başlıyordu. Serin çarşafların Ayşe'nin bedenini sardığı saatler bitmek bilmiyordu.

"Çocuklar benim içim kıyıldı" dedi Hasan Amca. Yine bir naletlik gelmişti üstüne. "Müsaadenizle gitmek istiyorum."
"Ben seni götüreyim" dedi Altan, babasına. Yan gözle de bana bakıyordu. "Memet, bir durum olursa sen beni ararsın, tamam mı?"
"Ne durum olabilir ki?" dedim.
"Ne bileyim ben" dedi.
Onlar paltolarını giyerken, Nazlı'nın da kalktığını gördüm. "Yolunuzu uzatmazsa beni de bırakın bari."

Bu sefer de Ayşe'yle göz göze geldik. Sonra kaçırdık bakışlarımızı.

Üçüne Altan'ın arabasına kadar eşlik ettim. Hasan Amca arka

koltuğa oturmak istiyordu. Altan kontak anahtarını çevirmesine rağmen çalışmayan arabaya küfrediyordu. Nazlı bana bir şey söyledi, ama motorun gümbürtüsü arasında kaynadı gitti sözler. Sonra ihtiyar Golf çalıştı, yokuştan aşağı inip gözden kayboldu.

Geri döndüğümde pikaptaki müzik değişmişti. Moğollar, "Bu Nasıl Dünya"yı çalıyordu dertli dertli. Ayşe kafesin yanında durmuş, Biber'e parmağını gagalatmaya çalışıyordu.

"Müziği değiştirsem olur mu?" dedim.
"Nasıl istersen."
"Hatta hiçbir şey çalmasak olur mu?"
"Olur. Sessizlik de icabında müziktir."

İğneyi plaktan ayırdım. Yan yana durup bir süre hiç konuşmadan Nihat Abi'nin kuşuna baktık. O da camideki akrabaları gibiydi. Kafesin içinde oradan oraya seken kanatlarında palavra bir telaş vardı.

"Nazlı Orhan'ın gittiğini biliyor mu?" dedim.
"Bugün öğrenmiş oldu."
"Ne diyor?"
"Onun tanıdığı Orhan er geç geri dönermiş. Beyninin kısa devre yaptığını düşünüyor."
"Nazlı'da her şey için açıklama vardır, değil mi?"
"Farklı gördüm onu. Nesi var?"
"Cemil'in işleri... Çocuk toparlayamıyor herhalde. Nasıl davrandı sana?"
"Gördüğün gibi. Gayet normal"
"Barıştınız yani."
"Ben ona küsmemiştim ki zaten."

Biber küçük bir pike yapıp minik pençelerini bizim taraftaki parmaklığa geçirdi. Böyle durunca sadece karnını görüyorduk. Minik vücudunun iki tarafından akan renk çizgileri burada birbirine karışıyordu. Ayşe'nin parmağını uzatıp tüylerini okşamasına izin verdi.

"Biliyor musun" dedim, "Size niye darıldığını doğru düzgün hiçbir zaman anlayamadım ben."
"Bize değil. Bana."
"Nasıl yani?"
"Orhan onunla ara sıra telefonlaşıyordu. Bir iki defa kulak misafiri bile oldum. Kızarım diye söylemeye çekiniyordu herhalde."
"Seninle ne derdi vardı ki?"
"Seni fazla koruduğumu düşünüyordu."

Biber sonunda sıkılıp yeniden kıpırdandı. Sonra da karateci hareketine benzeyen bir uçuşla kafesin öteki ucuna kondu.

"Bunu artık eve götürsem iyi olacak."
"Öyle" dedi, "Burada kalamaz artık."
"Yine de ikinizin barışması iyi oldu. Herhalde cenazelerin de bu faydası var."

Ayşe parmağını kafesten çıkarıp yanağına koydu. Bir şey demek için nefes aldı, sonra vazgeçip geri verdi nefesi.
"Ne?" dedim.
"Birlikte olduğumuzu düşünüyor."
"Nazlı mı?"
"Bir şey söylemedi, ama bakışlarından falan anlıyor insan. Bizi sevgili sanıyor."

Hiçbir şey düşünmemem gerekiyordu. En küçük bir düşünce, o an yapacağım şeye engel olabilirdi çünkü. Ben de düşünmek yerine uzandım, Ayşe'nin elini tuttum. "Sevgili miyiz peki?"

Cevap vermedi. Cevap vermesini istemiyordum ki zaten.

53

"Bu balıklar bozuk" dedi Ezgi.
"Yeme o zaman" dedim.
"Ama yemek istiyorum."

Uzanıp tabaklarımızı değiştirdim. Şimdi onun önünde tekir, benimkinde istavrit vardı. Çatalımla biraz paralamış olduğum balığa baktı, sonra başını kaldırıp, "Niye böyle yapıyorsun?" dedi.
"Ne yapıyorum?"
"Ben senden balığını istemedim ki. Hem burayı da hiç sevmedim!"

Başarısız günlerimizden birini yaşıyorduk. Hava kötü diye aklım sıra sürpriz yapıp onu balık lokantasına götürmüştüm. Tepemizden balık ağlarının sarktığı sevimli bir yerdi. Ezgi'nin yüzü bir türlü gülmüyordu ama. Ortaokuldan beri bir kızla çıkıp da bu kadar zorlandığımı hatırlamıyordum.

Akşamüstü eve döndüğümüzde ikimizin de yüzünden düşen bin parçaydı. Kapıyı Cemil açtı. Üzerinde yine o Fenerbahçe forması vardı. İçerdeki televizyondan maç sesi geliyordu.

"Hoş geldiniz" dedi, saf saf gülümseyip. "Beş dakika gel istersen. Nazlı arkadaşına gitti. Çay demledim, içeriz."

Yüzünde o kadar iyi niyetli bir ifade vardı ki, yabanîlik yapmak gelmedi içimden. Numaradan saatime bakıp, "Aslında girebilirim" dedim, "Bir yarım saat zamanım var."

Salona adım attığımda, içimi bir tuhaf eden o kokuyu duydum yine. Ortalık aynı bizim eski evimiz gibi kokuyordu. Evlere kokularını kadınlar veriyor demek ki.

Ezgi bir an önce odasındaki bilgisayara ulaşmak için yemek masasının etrafında bir manevra yaptı. Büfe ile masa arasında

Cemil durduğu için hemen geçemedi ama. Cemil önce bana, sonra kızıma baktı, gülümsedi. "Nasıl geçmiş prensesin günü?"

"Süper!" diye bağırdı Ezgi. Sonra Cemil'i geçti, koridorda gözden kayboldu. Odasının kapısını kapadığını duyduk.

Şimdi ikimiz salonun ortasında aptal aptal dikiliyorduk. Bana kanepeyi gösterdi, kendisi de yanıma oturdu. "Maç sever miydin?"
"Bilmem... Tugay bıraktığından beri pek ilgilenmedim aslında."
"Tugay bırakmadı ki" dedi.
"Öyle mi?" dedim.

Yüzünden kısa bir telaş anının geçtiğini gördüm. Yandaki sehpadan kumandayı aldı, kanalı değiştirdi.
"Benim için keyfini bozma" dedim.
"Boş ver. Dandik bir maçtı nasılsa."

Sonra kalktı, çay getirmek için mutfağa gitti. Elinde tepsiyle yeniden göründüğünde üzerinde Fenerbahçe forması yoktu artık. Dalgın dalgın yürüyerek geldi, tam önümde durdu.

"Aslında..." dedi, "Dolapta rakı da var."

Giymiş olduğu yeleğin desenlerine baktım. Grili mavili baklavalar omuzlarından beline doğru, efendice akıyordu. Sırtımı Nazlı'nın kırmızı minderlerine yasladım, gülümsedim. "Aslına bakarsan" dedim, "Bir kadeh hiç fena olmaz."

Nazlı eve döndüğünde karşısında iki sarhoş buldu. Cemil'in kafayı bu kadar çabuk bulacağını tahmin etmemiştim. Elinde kadehle televizyonun önünde durmuş lisedeyken yaptığı besteyi hatırlamaya çalışıyordu. Gömleği pantolonundan ilkokul önlüğü gibi sarkmıştı.

Ben de koltuğa yayılmış biraz önce döktüğüm çerez tabağını toplamaya çalışıyordum. Özellikle minderlerin arasına kaçan fıstık kabukları çok uğraştırıyordu beni.

"Siz kafayı mı yediniz?" dedi Nazlı.
"Niye?" dedi Cemil, "Takılıyoruz işte."
"Ezgi nerede?"
"Odasında."

Nazlı gözlerini kısarak baktı Cemil'e. Sonra herhalde aklına yeterince sert bir söz gelmediği için bizi bırakıp koridora yöneldi. Cemil ona hiç aldırmadan gençlik bestesini mırıldanmaya devam etti. Ateşle oynadığının farkında bile değildi.

Ben çerez tabağını yerine koyarken, içeriden Nazlı'nın çığlığını duyduk. Cemil'le birbirimize çarpa çarpa koşup Ezgi'nin odasına vardığımızda elleriyle ağzını kapatmış, ardına kadar açık duran pencereye bakıyordu. Yeni inmiş karanlığın içinde yağmur çiseliyordu ve halının bir kısmı ıslanmıştı çoktan.

"Sakin olalım" dedim, "Nereye gidecek?"
"Yağmur yağıyor" dedi Nazlı, sayıklar gibi.
"Memet haklı" dedi Cemil. Birdenbire ayılmıştı galiba. "Mahallede bir yerdedir."

Sokakta önce ne tarafa gideceğimize karar veremedik. Aklıma ikiye ayrılmak geldi, ama ya Nazlı benimle gelirse diye korkuyordum. Kızcağız o kadar paniklemişti ki arama işini onunla beraber yapmak kalp krizi geçirtebilirdi insana.

"Biz caddeye doğru gidelim" dedi Cemil. "Sen de arsa tarafına bakarsın."

Onlardan ayrılınca kendi korkumu hissedebildim. Sokak sona doğru iyice daralıyordu. Daraldığı yerde elektrik lambaları da kararmıştı. Ondan sonrası, arkasında ne olduğunu göremediğim bir siyahlıktı artık.

Yağmur dinmekle iyice bastırmak arasında kararsızdı. Köşeyi dönünce karşımda ahşap evlerin sıralandığı bakımsız bir sokak buldum. Saat erken olmasına rağmen çok az ışık vardı. Yanmaya cesaret eden tek elektrik lambası elli metre ilerideydi. Lambanın arkasında arsa olduğunu tahmin ettiğim bir boşluk görünüyordu.

O elli metreyi yürüdüm. Arsayı çevreleyen alçak duvarı aştım. Ahşap evler ile üç dört katlı apartmanların arasında kalakalmış bir yerdi burası. Evlerin arsaya bakan duvarlarında spreyle çizilmiş resimler gördüm. Her tarafa doğru tekerlek izleri uzanıyordu. Zavallı bir dut ağacının perdelediği köşede hurda bir Skoda kamyonet vardı ve içinde uğruna her şeyimi feda edebileceğim küçük bir kafa kıpırdıyordu işte.

"N'aber bebek?" dedim, ayağımı yamulmuş tampona basıp.
"Çekil önümden!" diye bağırdı, "Ankara'ya gidiyoruz."
"Biz kim?"
"Poşet ve ben" dedi, başıyla Skoda'nın kasasını gösterip. Damperde uslu uslu oturan dev bir sokak köpeği vardı. Boynuna bir naylon poşet bağlanmıştı hayvanın.
"Seni koruyor mu?"
"Hayır. Müşteri o. Ben de onun şoförüyüm."
"Niye kaçtın öyle?"
"Çok sıkıldım" dedi, hayalî bir virajı alırken. "İkiniz sıkıntıdan öldürdünüz beni!"
"Özür dilerim. Hadi artık eve dönelim."
"Poşet de gelebilir mi?"
"Annene sorarız."

Kamyonetten çıkınca, sucuk gibi ıslanmış olduğunu anladım. Dayanamayıp kucağıma aldım, o da itiraz etmedi. Üzerindeki uyduruk mont iki kat ağırlaşmıştı.

Evin önüne geldiğimizde, Nazlı ile Cemil'i uzaktan gördüm. Bizi fark edince koşmaya başladılar. Bir şey oldu sanmasınlar diye

Ezgi'yi yere indirdim. Poşet ön bahçedeki fidanları koklamaya başlamıştı bile.

Nazlı bütün gücüyle Ezgi'ye sarıldı. Aynı anda üç dört şey birden söylemeye çalıştığı için konuşamıyordu sanki. Sonra beraber apartmana doğru yürüdüler. Cemil ön kapıyı beceriksiz hareketlerle açtı. Şöyle bir baktım da, tıpkı bir aileye benziyorlardı işte.

54

Ayşe'yle birbirimizden kaçıyorduk.

Halimiz komikti aslında. Bahçede karşılaşmamaya dikkat ediyorduk. Kapımın önünden hızlı adımlarla geçtiğini duyabiliyordum. Üstüne varmıyordum kızın. Nihat Abi'nin evindeki o geceden sonra yeni bir durumun içindeydik. Ne olduğunu bilmediğim bir şey için ikimize de zaman lazımdı.

Biber'in kafesini gitar tezgâhımın yanına koymuştum. Ben manyetiklerle uğraşırken halime yükseklerden bakıp arada bir ötüyordu. Sesi huzur veriyordu insana. Bazen kendimi onunla konuşurken yakaladığım bile oluyordu. Eskiden Nihat Abi'ye söylediğim şeyleri şimdi ona anlatıyordum.

Kuşçağız sayesinde kendi kendime konuşmanın faydalarını öğreniyordum. Yüksek sesle söylenince hiçbir şey korkutucu görünmüyordu insana. Sanki sesimle beraber sıkıntım da benden çıkıp uzayın derinliklerinde kayboluyordu. Bazen de bu konuşmalarımı kaydediyordum. Kendi sesi insana nasıl yabancı gelirse, dertlerim de o kayıtları dinlerken bana öyle uzak ve zararsız görünüyordu.

Başım yastığa değince de gözümü tavana dikip Ayşe'nin ayak seslerini dinliyordum. Tıkırtılardan o an ne yaptığını tahmin ediyordum. Sesi dinleyip ayağında o gün ne olduğunu anlayabiliyordum. Kalın ve tok ses yüksek topuklu terliklerine aitti mesela. Yere sürtünerek geçense evde giydiği eski lastik ayakkabılardı. Eğer ses küçük darbeler halinde çıkıyorsa, banyo yaptıktan sonra giydiği sandaletleri tanıyordum.

O an yerimden fırlayıp Ayşe'nin kapısına dayanmak, sonra da ayaklarını sabaha kadar öpmek geliyordu içimden. Sonra uyuyakalıyordum.

Kader bizi bir gün çöp atmak için dışarı çıktığımızda köşeye kıstırdı. Elimde torbalarla bahçe kapısını açtığımda karşımda kafasına yağmurluk başlığı geçirmiş bir gölge buldum. O da beni fark ettiği için, durumdan yapaylığa kaçmadan sıyrılmamıza imkân yoktu. Birbirimizi görmezden gelebilirdik tabiî, ama ikimiz de böyle bir şeyi henüz hak etmiyorduk.

"Nasıl gidiyor?" dedim.
"Dün akşam Kâmuran Hanım uğradı" dedi.
"Neymiş?"
"Bahara müsait miyiz diye soruyor."
"Damat iyi bastırdı demek."
"Bizim evin yerine şunlardan yapacaklarmış" dedi, eliyle sokağın karşı tarafındaki apartmanları gösterip. "Aslında hiç fena değil."
"Ne cevap verdin peki?"
"Kabul ettim. Zaten ben de sıkıldım buradan."
"Hani bu evi seviyordun sen?"
"Seviyordum. Artık sevmiyorum."
Sırıtabildiğim kadar sırıttım. "Yoksa benim yüzümden mi?"
"Keşke öyle olsa" dedi, gülümseyerek. "Keşke senin yüzünden olsa."

Sonra bu söz içime dert oldu. Kendime karşı daha dürüst olabilseydim, bunu becerebilen bir insan olsaydım yani, beni huzursuz eden şeyin ne olduğunu belki daha kolay anlardım. Kalbimi kemiren duygu neredeyse tarih kadar eskiydi çünkü. Ayşe'nin yalnız gecelerinde beni düşünerek tasalandığını, duyguları yüzünden kendisiyle kavga ettiğini, tepemdeki o sıkıntılı adımları hep bu yüzden attığını hayal etmiştim.

55

Elvan Perin müzik setinin "stop" düğmesine bastı, saçını kliplerindeki gibi savurarak döndü ve gülümsedi. "Nasıl buldunuz?"

"Güzel..." dedim, "Ama davul tonları çok iyi değil sanki."

Elvan bestemin yeni halini dinletmek için beni brunch'a davet etmişti. Onun yüz elli metrekarelik salonunda baş başaydık. Üç tarafı sürgülü camlarla çevrili, bahçe içinde bir villaydı burası. İki beyaz koltuk dışında eşya yok gibiydi.

Kızın üzerinde ayak bileklerine kadar inen lacivert kumaştan, ipeksi bir sabahlık vardı. Saçları son gördüğümden beri yarı yarıya kısalmıştı ve solgun kasım ışığında bile kızıla çalan, hoş bir renkle parlıyordu şimdi.

Kaşlarını çattı. "Davul tonları..." diye mırıldandı. Kendi kendine konuşur gibiydi. "Haklısınız. Bana da old-fashion geldi aslında. Sanki seksenler gibi, değil mi?"

"Evet" dedim, "Seksenler gibi."

"Murat'a söyleyelim değiştirsin o zaman."

Benim melodiye piyasanın en pahalı yazarlarından biri söz yazmış, meşhur aranjörlerden biri de düzenleme yapmıştı. Sayelerinde radyoda her gün çalınanlardan farksız hale gelmişti şarkı.

Sonra iki hizmetçi yirmi dakika uğraşıp hayal gücümü çok

aşan bir sofra hazırladı. Önümüzde o kadar çok çeşit vardı ki, kahvaltı boyunca yüksek kirişli kapılardan birilerinin daha çıkıp bize katılacağını zannettim.

"Beğenmediniz" dedi, gülümseyerek. Bir taraftan da elindeki kepek ekmeğine reçel sürüyordu.

"Niye?" dedim, masum masum. "Bence şahane bir sofra."

"Siz karşısındakinin zekâsını küçümseyecek tipte bir insan değilsiniz. Yapmayın."

"Nereden çıkardınız peki?"

"Gözlerinizden tabiî. Şarkınızı stüdyoda ilk kez beraber çaldığımız gün, o gözler resmen parlıyordu. Çocuk gibiydiniz. Bir de deminki halinize bakın."

"Ne varmış halimde?"

"Bakışlarınız bile farklı. Çok profesyonelce."

"Ben profesyonelim" dedim, "Neredeyse yirmi yıldır."

Ekmeği ısırmaktan vazgeçip tabağına bıraktı. Arkasına yaslandı, ellerini masanın kenarına koyup içini çekti. Gözlerinde hayal kırıklığına uğramış bir yeniyetmenin hüznü.

"Hiç üzülmediniz mi?"

"Niye?"

"Şarkınızın bu kadar değiştirilmesine."

"O artık size ait" dedim, "Siz nasıl isterseniz öyle olur."

"Niye böyle yapıyorsunuz?"

"Nasıl yapıyorum?"

"Hiç..." dedi, bakışlarını yeniden ekmeğine indirip. "Unutun gitsin."

Hizmetçi kız gelip boşalan bardaklarımıza çay doldurdu. Biraz Gülümser'i andırıyordu, ama onun daha gençiydi sanki.

"Yirmi yıllık bir profesyonel olarak bari şunu söyleyin" dedi Elvan. "Bu şarkı sizce tutar mı?"

"Hiç şüpheniz olmasın."

Müzik setinin durduğu salondan biraz daha küçük ama eşya bakımından daha zengin bir odadaydık. Masanın tam karşısında kahverengi bir koltuk takımı vardı. Duvarlar orijinal olduğunu benim bile anlayabildiğim tablolarla doluydu. Geniş pencerelerden içeri dağılan ışık bu resimlere ağırbaşlı bir hava veriyordu. Karşımda oturan yirmi yaşındaki kız tarafından dekore edilmediği çok belliydi evin.

"Babam resim yapardı" dedi, tablolardan birine dalgın dalgın bakarak. "Resim yapan bir müezzin düşünmek insana şimdi acayip geliyor, ama küçükken hiç yadırgamazdım. Nereden merak sardıysa, adamın bir sürü suluboya resmi vardı. Bir tek bana gösterirdi. Buradakiler kadar iyi resimler değildi tabiî ama ben yine de çok severdim. Yazın boyalarını alırdı, beraber Seyhan kıyısına giderdik. Kafaya bir hasır şapka geçirip saatlerce çalışırdı. O sıcakta. Van Gogh'a özeniyordu."

"Demek ki açık fikirli bir adammış."

"Demek ki öyleymiş" dedi, omzundaki saçlarını parmağına dolayıp. "Ama insanın açık fikirli olması bazen yetmiyor işte. Hısım akrabanın falan ne dediği bazen daha önemli oluyor, değil mi?"

"Öyle."

"Hele kız kalkıp şarkıcı olduysa."

"Tahmin edebiliyorum."

"Babamı resim yaparken seyrederken kendimi inanılmaz iyi hissederdim ben. Gözlerinde bir şey parlardı. O gün stüdyoda çalarken sizin gözlerinizde de öyle bir şey vardı işte. Belki de bu yüzden bestenizi çok sevdim."

"Belki o da çok sever."

"Bilmiyorum. Dinleyeceğinden bile emin değilim aslında."

"Dinleyecektir" dedim, "Bundan önceki şarkılarınızı da dinlemiştir bence."

"Acaba?"

"Bence dinlemiştir. Baba olmak zaten böyle bir şey."

56

Sokağımıza karanlık iniyordu. Mahallenin yeni apartmanları perdelerini, içlerindeki küçük hayatları birbirinden korumak ister gibi, tek tek örtüyordu. Evlerine varmak isteyen pahalı arabalar, birkaç saniyelik aralarla önümden geçiyordu. Son muhtarlık seçiminden kalma bir pankart iki elektrik direğinin arasında, hoyrat kasım rüzgârıyla çırpınıyordu. Adayın adı siyahla, ona niye oy vermemiz gerektiğini anlatan cümleyse kırmızıyla yazılmıştı pankarta: "İstanbul'a örnek olacak bir mahalle için."

Ellerim paltomun ceplerinde, dudaklarımda biraz ıslanmış bir sigara, kaldırım kenarındaki su birikintilerine basa basa eve gidiyordum. Bu halimle kendimi James Dean'in meşhur bir resmine benzetiyordum. Dudaklarıma o resimdeki gibi, utangaç bir gülücük kondurmaya çalışıyordum. O an biri resmimi çekse fena çıkmazmışım gibi geliyordu bana.

Öğleden sonra, haftalık dersimiz için Veli'ye uğramıştım. Kapıyı açtığında beyaz bir The Beatles tişörtü vardı üzerinde. Normalde olduğundan daha ciddi görünüyordu. Salondaki sette ne olduğunu bilmediğim, Yunan havalarına benzer bir şey çalıyordu. Veli bana yer gösterdikten sonra koşarak mutfağa gitti, sonra iki kahve fincanıyla döndü. Fincanımı uzatıp karşımdaki koltuğa oturdu. Bir şey söylemeye hazırlandığını hissettim.

"Hocam..." diye başladı söze, sonra herhalde beğenmedi bunu, sustu. Konuşmasını beklerken salona bir göz attım. Gitarı her zamanki yerinde değildi. Yeni aldığı efekt aleti de ortalarda görünmüyordu.

"Hocam..." dedi, yine derin bir nefes alıp. "Ben düşündüm de, bu işi bırakmaya karar verdim."

"Gitarı mı?"

"Hayır, dersi."

Bu iyiydi işte... Aynı hafta içinde ikinci kayıp öğrenci. Veli'nin yüzü o kadar ciddiydi ki, kendimi tutamayıp güldüm. "Kusura bakma" dedim, "Ama şaşırdım... Niye peki?"

"Ani karar verdiğimi sanma sakın. Bir haftadır düşünüyordum zaten. Galiba benim ders olayına alerjim var. Kendim çalarken sorun yok. Ama iş derse döküldü mü hiçbir şey kafama girmiyor. Yanlış anlamıyorsun değil mi?"

"Çalışma tarzımızla ilgili bir şey mi?"

"Böyle düşünürsen üzülürüm bak. Ders işi bana hakikaten yaramıyor. Okulda falan da böyleydim zaten. Sorun bende yani. Yoksa sen şahaneydin."

"Sen bilirsin" dedim.

"Darılmadın değil mi?"

"Niye darılayım oğlum? Senin için doğru olanı en iyi sen hissedersin."

"Zaten..." dedi, durdu yine. Sonra yüzündeki o ciddi ifade biraz gevşedi, dudaklarında bir gülümseme gördüm. "Zaten benden bir bok olacağı da yok, değil mi?"

"Bu sana bağlı."

"Hocam artık öğrencin değilim bak. Yani beni motive etmene hiç gerek yok. Eğer aletlere falan verdiğim paraya acıyorsan, onu da siktir et. Şimdi senden gerçek düşünceni söylemeni istiyorum. Bu saatten sonra benden gitarist olur mu olmaz mı?"

Ancak bir çocuğun bakabileceği gibi, merakla bakıyordu bana. Pek yol alamamış olsak da, yedi aydır beraber çalışıyorduk. Bugüne kadar yeteneğiyle ilgili ne sorsa yuvarlak cevaplar vermiştim. Şimdi ilk defa gerçek bir şey söylememi bekliyordu benden.

Teypteki Yunanî müzik biraz alaturkalaşmıştı şimdi. İlkel bir kayıttı. Köy müzisyenleri takılırken birisi mikrofon tutmuştu sanki.

"Bu ne?" dedim.
"Yannis Bey'in kaseti" dedi, sırıtarak.
"Papaz Yannis mi?"
"Evet. Zamanında Yunan adasının tekinde kaydetmiş."
"Düğün falan herhalde."
"Valla anlatmıştı, ama unuttum."

Veli benden kendisiyle ilgili bir gerçeği söylememi bekliyordu. Birine gerçeklerden bahsetmeyeli o kadar zaman olmuştu ki, lafa nereden başlayacağımı bilemiyordum. Ağzımı tam açacaktım, Veli'nin konuştuğunu duydum yine.

"Neyse Hocam, boş ver" diyordu, "Cevap vermesen de olur. Zaten artık hocam değil arkadaşımsın. Hem şunu bil ki arkadaşlarıma da her zaman biraz ot ayırırım ben. İster miydin?"
"İsterdim" dedim, derin bir nefes alıp.

Veli gülerek kalktı, omzuma bir şaplak indirdi. Sonra hızlı hızlı yürüyerek çıktı gitti odadan.

57

Oturduğum sokakta geç kalmış bir James Dean gibi yürüyordum. Elimde küçük bir çanta ve bir kuş kafesi vardı.

Veli'nin sardığı sigara bu sefer iyice takla yapmıştı beni. Bastığım birikintilerden ayakkabıma su dolduğunu hissediyordum. Çoraplarımın ağırlaştığını, ayaklarımın benim olmaktan çıkıp yavaş yavaş ıslaklığa ve soğuğa ait olduğunu... Görüntüler, anteni bozuk bir televizyon gibi, kayıp kayıp gidiyordu. İçimde neye yoracağımı bilmediğim bir huzursuzluk vardı. Sanki o an başka bir yerde olmam lazımdı. Sanki başka şeyler düşünüyor olmalıydım. Sanki saatte yüz elli kilometre hızla giden bir arabaya binmeli ve ilk kavşakta gerekli kazayı yapmalıydım.

İşe yaramaz bir asi çocuktum demek ki. Attığım her adımda, onca zamandır oturduğum ev biraz daha geride kalıyordu.

Dudağımdaki sigara rüzgârla birlikte erirken, kalbime serin damlalar düşüyordu. Bu yaşta kendime yakıştıramasam da, resmen aşk acısı çekiyordum. Olur rezalet değildi yani.

Biraz önce yaşadığım şey, o akşam olmak zorunda değildi. Belki birkaç gün daha gecikseydi, kendimi bu ihtimale de hazırlayabilirdim. Birkaç hafta sonra olsaydı, kaçmak için bir tünel kazabilirdim ruhuma. Bir yıl geçmiş olsaydı aradan, kaderin karşısına babalar gibi çıkar, onunla dalga geçebilirdim.

Acaba o ilk anda neler yaşamışlardı? Adam kapıyı çaldığında aklından neler geçmişti? Kadın onu görünce nasıl bakmıştı? Hemen o anda mı affetmişti, yoksa adamın dil dökmesi mi gerekmişti? Sonra yavaş yavaş alışmışlar mıydı yeniden birbirlerine? Birer kadeh bir şey içip rahatlamışlar mıydı sonra? Gülmüşler miydi? Bana mı gülmüşlerdi?

Ayşe kapıyı açtığında, Orhan kanepede oturuyordu. Sırtı bana dönüktü, ben onu görebiliyordum. Beynimin içinde şeytanlar dans etse de, onu fark etmeyecek kadar kaybetmemiştim kendimi. İki gün önce benim oturduğum kanepede oturmuş ve camdan dışarı, dut ağaçlarına bakıyordu. Benimse dilimin ucunda cümleler vardı. Sokaklarda James Dean gibi yürürken hazırlamıştım o cümleleri. Tamamen devrik, Allah'ını şaşırmış cümlelerdi hepsi, ama yine de cümleydiler. Bir şey demek istiyorlardı.

Orhan, kanepede oturuyordu. Lambaları henüz yakmamışlardı. Pencereden giren akşamüstü ışığında, bir gölge gibiydi. Ayşe beni görünce gülümsedi. Kararsız hareketlerle önce içeri, sonra tekrar bana döndü. Kimi kime müjdeleyeceğini bilemiyordu herhalde.

"Orhan geldi" dedi, "Nazlı haklıymış. Galiba tamamen geldi."

Odanın kapısına yürüdüğümü hatırlıyorum. O zaman Orhan beni gördü. Dut ağaçlarına bakmayı bırakıp ayağa kalktı. Yaklaştığında yüzünün incelmiş olduğunu fark ettim. Onu iskelede gördüğümden beri zayıflamıştı galiba. Sakalları da uzamıştı. Aslan parçası, seferden dönüyordu sanki.

"Merhaba Memet" dedi. Yüz yüze duruyorduk şimdi.
"Hoş geldin" dedim.
"Galiba bir buhran geçirdim" dedi, yeni uzamış sakallarını sıvazlayarak. "Herkesin başına gelebilir değil mi?"
"Evet" dedim, "Hele bu devirde."
"Ama artık geçti. Evime döndüm. Size yaşattıklarım için özür dilerim. İkinizden de."
"İyi misin?"
"Yorgunum biraz."
"O zaman dinlenmen lazım."
"Evet."
"Niye dinlenmen lazım biliyor musun?"
"Niye?"
"Sen böyle yorgunken ağzını burnunu kıramam da ondan. Ayıp olur. Hele bir kendine gel, ödeyeceksin hesabı."

Orhan'ın gözlerinde aptal bir damla kımıldadı. Gözlerini kapatıp uzandı, sarıldı boynuma. Birkaç dakika boyunca, sessiz sessiz ağladı. O burnunu omzuma gömmüş acıklı sesler çıkarırken, Ayşe'yle göz göze geldik. Hüzünlü, ikimize dair bir şey vardı kızın gözlerinde.
"Özür dilerim" dedi Orhan, burnunu çekip.
"Tamam artık" dedim, "Tamam aslanım."

Ayşe yanımıza gelip ellerini omuzlarımıza koydu. "Biraz rakı var" dedi, "İster miydiniz?"
"Sonra" dedim, "Şimdi işim var."

"Şimdi mi?"

"Elvan Perin'den celp geldi. Bu hafta bar programına başlıyoruz. Eve gidip çalışmam lazım. Orhan da biraz dinlensin."

Nispetiye Caddesi'ne çıktığımda, hava iyice kararmıştı artık. Yağmur neredeyse durmuştu. Eve uğrayıp çorap değiştirmediğim için pişmandım. Ayak parmaklarım soğuktan sancıyordu çünkü.

Nazlı haklı çıkmıştı. O hep haklı çıkar zaten.

58

Sabah Nihat Abi'nin sedirinde, Biber'in şakımasıyla uyandım. Kuşçağız eski yerine kavuşmuştu tabiî, keyfine diyecek yoktu. Beynimde dinmeyen bir uğultu vardı. Çamaşırlarım bile nemliydi hâlâ. Halsiz hissediyordum. Buraya gelirken iyi ıslanmıştım demek ki.

Perdeleri açtım, içeri ışık doldu. Sonbaharın armağanı, güneşli bir gün. Hava çok soğuk sayılmazdı, ama üşüyordum. Bulabildiğim battaniyeleri üstüme çekip tavanı seyrettim. Çocukken yaptığım gibi, tavandaki lekeleri bir şeylere benzetip hayaller kurdum. Bu hayaller her defasında aynı şaşmaz yolu izleyip geçmişe götürüyordu beni.

Annemi özlediğimi fark ettim. Kendimi dışlanmış, bir oyundan çıkarılmış hissediyordum. Belki de bu yüzden, kendi kanımdan birini düşünmeye ihtiyacım vardı. Sonra kırkına gelmiş bir adamın annesini özlemesi pek acıklı göründü bana. Birkaç saat kadar, giderek yükselen ateşler içinde, kendime acımanın tadını çıkardım.

Ateş dayanılmaz hale gelince, mutfak penceresinden apartman boşluğuna sarkıp Gülümser'e seslendim. Beş dakika geçmeden kırmızı yanaklarıyla geldi.

"Kocan nasıl Gülümser?"
"Temyiz yalan oldu" dedi, başını eğip. "Artık üç buçuk sene..."
"Umudunu kaybetme. Bunun affı var, şartlı tahliyesi var."
"Öyle. Umut kaybetmek olmaz."

Gülümser'e ilaç listesini verdikten sonra kendimi battaniyelerin altına dar attım. Tel tel dökülüyordum. Çocukken, rüyaların gözkapağının içine yansıtılan sinema filmleri olduğunu düşünmek hoşuma giderdi. Gözlerimi kapadım, uyku ve rüya çocukluğumdaki gibi gelip iki elimden tuttu beni.

Rüyamda annemi Elvan Perin'in saray yavrusu evinde gördüm. Ütü yapıyordu. Mezar taşındaki resminde olduğu gibi, ne genç ne yaşlıydı. Saçları Elvan'ınkiler gibi, açık kızıldı. Üzerinde hiçbir zaman sahip olamadığı türden, pahalı bir giysi vardı. Tam bugünün modasına uygun bir giysiydi bu. Annemi magazin dergilerine poz veren kadınlara benzetmişti.

Ona baktım ve ne kadar da güzel olduğunu düşündüm. İnsanın hayatı boyunca dizi dibinde yaşamak isteyeceği tipte bir kadındı. Vücudundan etrafa hayat ve güzellik yayılıyordu. Ütüyü kumaşın üzerinde tembel tembel gezdirirken, benim şarkının melodisi vardı dudaklarında.

Kapının zili iki kere çaldı. Annem zili duymadı ama. Mırıldanmaya devam ediyordu. Bense çalan zilin hangi eve ait olduğunu anlamıştım. Gözlerimi kırpmaya korkarak, rüyayı boş yere sürdürmeye çalıştım.

Sonra el yordamıyla koltuğun üstündeki paltoyu bulup Gülümser'e vereceğim parayı çıkardım. Kalktığımda başımın döndüğünü hissettim. Kapıya kadar dikkatle yürüdüm. Açtığımda, Ayşe karşımda duruyordu.

Ayşe karşımda duruyordu. Yüzünde bir tebessüm.

"Merhaba" dedi, "Beni içeri almayacak mısın?"

O girince ben de dönüp odaya baktım. Ortalık beni utandıracak haldeydi. Paltom, çantam ve ayakkabılarım sağa sola savrulmuştu. Yatağın üzerinde darman duman battaniyeler, baş ucumdaki iskemlede kullanılmış kâğıt mendiller vardı. Neyse ki Ayşe'nin mavi gözleri odaya değil bana bakıyordu.

"Neyin var senin?"
"Üşüttüm biraz."
"Biraz mı? Hiç iyi görünmüyorsun ama."

O sırada kapı bir daha çaldı. Bu seferki sahiden Gülümser'di. Bana ilaç, temiz içme suyu, ekmek ve hazır çorbalardan getirmişti. Ayşe'yi görünce gülümsedi.

"Memet Bey şifayı kapmış" dedi, "Girip bir çorba yapsam mı?"
"Zahmet etmeyin" dedi Ayşe, "Ben hallederim artık."

Ben yaptığı çorbayı içerken, Ayşe de karşımdaki koltuğa oturdu. İçinde müzik çalmadığı zaman bu ev tuhaf görünüyordu insana. Dizlerini karnına çekip başını o tepeye yasladı. Yüzünde kırık tebessümüyle, Biber'e uzun uzun baktı.

"Demek taşınıyorsun" dedi.
"Daha iyi bir fikrin var mı?" dedim.
"Böyle olsun istemezdim" dedi, gözlerime bakmadan. "Her şey olabilecek en tuhaf şekilde oldu."
"Orhan nasıl?"
"İyi galiba. Çok fena suçluluk hissediyor. Bütün gün özür dileyip durdu."
"Sıkı çocuktur Orhan. Toparlar kendini."
"Niye döndüğünü merak etmiyor musun?"
"Hayır."
"Peki artık böyle mi olacağız?"

"Bilmem... Nasılız ki?"

Elleriyle yüzünü kapadı. Bir an ağlamaya başlayacağından korktum. Sonra derin bir nefes aldı, yaslandı arkasına. Gözlerini dolduran damlalar gözlerinde kaldı.

"Ona bunu yapamam."

"Ayşecim, kimseye bir şey yapmanı beklemiyorum ki zaten."

"Bütün o günler boyunca, sen olmasaydın ne yapardım bilmiyorum. Herhalde üzüntüden çıldırırdım."

"Bir çaresine bakardın."

"Anladım. Bana kızgınsın sen."

Yapmacık bir neşeyle koltuktan fırladı, Biber'in yanına gitti. Gagalasın diye yine parmağını soktu kafese. Biber oralı olmadı ama. Hayvancık o kadar kendi dünyasındaydı ki, bizimle uğraşacak hali yoktu hiç.

"Ben artık gideyim."

"Bir şey soracağım sana."

"Ne?"

"Adana'ya gideceğim gece benim eve geldiğinde, eşyaları toplarken bir melodi mırıldanıyordun. Neydi o?"

"Sen orada mıydın?"

"Evet. Mutfakta saklanıyordum."

Kendini tutamayıp güldü. "Memet, ne âlem adamsın sen? Ne işin vardı mutfakta?"

"O melodiyi sen nereden biliyordun?"

"Nereden bileceğim, senden duymuşumdur."

Sonra, gitti. İki saat sonra buluşacakmışız gibi ayrıldık birbirimizden. Bir daha hiç görüşmeyeceğimizin o an farkına vardım.

59

Son yirmi dakikadır ensesini seyrettiğim Altan bar tezgâhına yaslı gövdesini nihayet bana döndü, başıyla uçtaki masalardan birini gösterdi. "Ne diyorsun?"

"Güzel" dedim, "Allah sahibine bağışlasın."

"Kadercilik senin kanında var" dedi, yine ensesini dönüp. "Halbuki sistemli çalışırsan sahip falan kalmaz ortada."

Masadaki kız güzeldi hakikaten. Yirmisinde ya var ya yoktu. Hepsi kendi yaşlarında, kızlı oğlanlı bir grubun ortasında oturuyordu. Çocuksu bir yüzü, bal rengi bukleli saçları vardı. Siyah çerçeveli gözlükleri ona entelektüel bir hava veriyordu.

"Hiç senin tipin değil aslında" dedim.

"Benim tipim olanları da gördük."

"Bu yaştaki kadınlarla uğraşmak zordur ama."

"O henüz bir kadın değil Memet. Bir genç kız. Ayrıca böyle gidersen yüz yaşına geleceksin ve hâlâ yanında kimse olmayacak."

"Ne yapayım peki?"

"Ne yaparsan yap. Şahsen programdan sonra ilgilenmeyi düşünüyorum."

Elvan Perin Orkestrası olarak, Etiler'deki ilk gecemizdi. Masaların neredeyse tamamı dolmuştu. İşletmecilerin yüzü gülüyordu. Başımı çevirip mekânı dolduran kalabalığa baktım ve Elvan kardeşimizin benim zannettiğimden de meşhur olduğunu düşündüm.

Altan malum hedefine o kadar kilitlenmişti ki, yanından ayrıldığımı fark etmedi bile. Gruptaki öteki oğlanlar sahne kenarındaki bir masada oturmuş gülüşüyorlardı. Onlara yaklaşınca ellerindeki maytapları yakıp bana doğru salladılar.

"Olayımız nedir?" dedim.

"On ikiye doğru başlarız herhalde" dedi Hakan. Kısa boylu, tıknaz, sevimli bir çocuktu. Bas gitarı o çalıyordu grupta.

"Onu sormuyorum. Etrafta bir sürü kız var. Niye bir şey yapmıyorsunuz?"

"Altan Abi bizim yerimize zamparalık yapar nasılsa."

"O zaman sana bir şey söyleyeyim" dedim, eğilip kulağına fısıldayarak. "Altan hakkında bir daha böyle saygısız konuşursan o gitarı senin kıçına sokarım, tamam mı?"

"Tamam Memet Abi" dedi, şaşkın şaşkın. "Özür dilerim."

"Özür dileyeceğine git de şu kızlarla tanış. Bir de genç olacaksın."

Odasına girdiğimde Elvan ayaklarını uzatmış cep telefonuyla konuşuyordu. Üzerinde allı pullu sahne kostümü vardı. Yeni sıkılmış, ağır bir parfüm kokusu burnuma doldu. Makyaj masası renk renk çiçekle doluydu. Aynanın önünde, birazı içilmiş bir viski şişesi duruyordu. Ben kapıya doğru geri hamle edince eliyle kalmamı işaret etti.

"Nasılsınız?" dedi, telefonu çantasına koyarken.

"İyi" dedim, "Kalabalığın farkında mısınız?"

"İlk gece böyle olur tabiî."

"Nasıl başlarsa öyle gider. Merak etmeyin."

Oturduğu yerden uzanıp elimi tuttu. "İnsan sizin yanınızda iyi hissediyor" dedi, "Teşekkür ederim."

O gece sahnede fırtına gibi estik. Masalarda oturanları dans ettirdik, duygulandırdık, içlerini hayatla doldurduk. Sarhoş olmalarını, terlemelerini, birbirlerine dokunmalarını sağladık. Patronların sekreterlerle, şube müdirelerinin üniversite öğrencileriyle yakınlaşmasına neden olduk. Bunları yaparken kendimiz de yaşadığımızı hissettik. Dünyada sahnede kapladığımız yer kadar bir anlamımız olduğu duygusuyla ürperip kendimizden geçtik.

Sıra benim şarkıya gelince Elvan kalabalığı susturdu, eliyle beni göstererek, "Şimdi yeni kasetimden bir parça okumak istiyorum" dedi, "Bu parça, orkestramızın değerli üyesi Memet Olcay'ın bir bestesi. Valla biz çok sevdik, bakalım siz ne diyeceksiniz?"

Elvan'ın eli hâlâ beni gösterdiği için, insanlar gözlerini kısarak yüzüme bakıyorlardı. Hafif karanlıkta kaldığımdan iyi seçilemiyordum herhalde. Sonra bir iki gevşek alkış duyuldu, daha onlar dinmeden biz şarkıya başladık. Son nakarata geldiğimizde, insanlar sözlere eşlik etmeye başlamıştı bile.

Program iki buçuğa doğru bitti. Elvan'dan bizimle bir kadeh içmesini istedim, ama sevgilisi gitmek için acele ediyordu. Çocukların söylediğine göre bir sürü benzin istasyonunun sahibiydi. Adamın kapıda Elvan'ı beklerken o kadar geceye ait bir hali vardı ki onu gün ışığında hayal etmek bile zor geliyordu insana.

Gözlerim Altan'ı aramaya başladı. Sonra da onu aslında ilk bakmam gereken yerde, bal rengi saçlı kızın masasında gördüm. Orkestranın giydiği siyah gömleği çıkarmış, fitilli bir kadife ceket çekmişti sırtına. Kızın tam karşısında oturuyordu. Ellerini kollarını da hareket ettirerek, masadakilere heyecanla bir şey anlatıyordu. Masadaki kızlar kibar kibar gülümsüyordu ona. Oğlanların yüzündeyse benim oturduğum yerden bile görebildiğim bir sıkıntı vardı. Altan'a bakarken içim hüzünle doldu birden.

Omzumda bir el hissettim. "Memet Abi" dedi Hakan. "Beni yanlış anlamamışsındır inşallah."
"Kusura bakma" dedim, "İnsan bazen hassas oluyor işte."
"Altan Abi'yle siz eski arkadaşsınız değil mi?"
"Evet. Tarih kadar eski."

Masadakiler kalktı. Altan da onlarla beraber kapıya yürüdü. Yürüyüşünden, kafayı iyice bulduğu belliydi. Onlar vestiyerden paltolarını aldılar, Altan da aldı. Kızların birbirlerine bakışlarından, bir gerginlik olduğunu anladım hemen. Grup kapıdan çıkarken, ben de arkalarından gittim.

Kapının önünde, Altan'ı iki oğlanla itişirken buldum. Korumalık yapan çocuk onları birbirlerinden uzaklaştırmaya çalışıyordu.

"Şu adamı alın başımızdan!" dedi, uzun saçlı bir tip.

"Kızların önünde bana hava mı atıyorsun?" dedi Altan.

Bal rengi saçlı kızın yanında duran başka bir çocuk yanına gelip yakasından çekti Altan'ı. "Bela mısın sen be?"

Altan çocuğu itmek istedi. Hızını ayarlayamayınca da ona tokat atmış oldu. Bunun üzerine arkadaşı yetişip bizimkini yumrukladı. Sonra on saniyelik süre içinde şunlar oldu: Ben yumruğumu indirebildiğim kadar hızlı bir şekilde oğlanın yanağına indirdim. Hemen arkasından, burnumda bir acı duydum. Bu da bana dengemi kaybettirdi, kaldırıma oturdum. Gözlerimi kapayıp ikinci yumruğu beklemeye başladım. Hiçbir şey olmayınca açtım gözlerimi. Caddeye doğru uzaklaşan cipin arka koltuğunda o bal rengi saçları hayal meyal görebildim.

Elimi burnuma götürdüm. Kan yoktu neyse ki, sevindim. Altan kapının hemen yanındaki duvara oturmuş acıyan yanağını tutarak kendi kendine gülüyordu. Korumalar olayı gören olup olmadığını anlamak için telaşla bakınıyordu etrafa. Yazdan kalma incecik bir rüzgâr eklem yerlerimi okşayıp caddeye doğru uzaklaştı. Kaldırımın serinliğini kalçalarımda hissediyordum.

Bu işler böyleydi işte... İnsan bir kasım gecesi kaldırımın üstünde kalıveriyordu.